JN108828

シャーロット・ハルシオン
ディアナ・ハミルトン
ベティーナ・アイゼンバッハ
有力貴族家の令嬢達は
その美しさもさる事ながら、
長く宮中で政争に
明け暮れてきた。
ウォルテニア戦記

「実に壮観だねぇ……
まるで将軍様にでもなった気分だよ」

「第一軍、出るぞ！」

ミスト王国の王都エンデシアに聳える王城の一室で、
【暴風】の異名を持つエクレシア・マリネールは
一人、各地から齎される報告書に目を通していた。

RECORD OF WORTENIA WAR

ウォルテニア戦記

XXV

Ryota Hori
保利亮太

口絵・本文イラスト　ｂｏｂ

HOLY
QWILTANTIA
EMPIRE
KINGDOM OF HELNESGOULA
O´LTORMEA EMPIRE
SOUTHERN KINGDOMS
KINGDOM
OF
XAROODA
KINGDOM
OF
RHOADSERIA
KINGDOM
OF
MYEST
WORTENIA PENINSULA

CONTENTS

WORLD MAP of 《RECORD OF WORTENIA WAR》

プロローグ

黒い帳が世界を支配する新月の夜。

ローゼリア王国の王都ピレウスに設けられた貴族の屋敷が立ち並ぶ一角から、とある一族がその姿を消そうとしていた。

彼等は皆、マントに付いているフードを目深にかぶり、人目を憚るかの様に周囲をしきりに警戒しながら、用意されていた馬車へと乗り込んでいく。

彼等が手にしているランプのか細い灯りと、星明かりだけではハッキリと分からないが、ざっと三十以上の影が闇の中で蠢いている様だ。

それも、どうやらこの一団を構成しているのは男性だけではないらしい。

フードで隠されてはいるが、体の大きさや細さから見て、女性や子供が居るのは明らかだった。

いや、黒い影の中には両手で何かを胸元に抱え込んでいる者が混ざっているところから察するに、この集団の中には乳飲み子も含まれているらしい。

そんな集団が、こんな深夜に馬車に乗り込んでいくのだ。

それは常識的に考えて、異様な光景と言える。

しかも、彼等が乗り込んだ馬車は、貴族階級が用いる様な客車が付いた移動用ではなく、農民が穀物を運ぶのに用いる様な幌のついた荷馬車だ。

この貴族達の家が立ち並ぶ一角では、かなり珍しい光景と言える。

それこそ、この光景を第三者が目撃すれば、夜逃げか、犯罪者の逃亡を思い浮かべ、王都の治安を守る守備隊にご注進するのは確実。

そして、そんな事は当事者達も十分に理解している。

だからこそ、人目をはばかりながら、素早く荷馬車へと乗り込んでいるのだ。

そして彼等は、五台の荷馬車に分乗するとピレウスの南に位置する城門へと向かった。

夜の闇の中、車輪が回る音が響く。

やがて、彼等の視界に南門の城壁がその姿を現す。

ところどころに焚かれた篝火のおかげで、闇夜ではあっても巨大な城壁の姿は十分に確認する事が出来たのだ。

闇夜の中に聳え立つ城壁の威容に、御者の男は思わず唾を飲み込んだ。

以前は敵の侵入を阻む鉄壁の盾であった筈なのに、今となっては王都という名の地獄から抜け出す自分達の行く手を阻む、巨大な障害になってしまっている。

見る者の立場によって、目の前の城壁はその存在する意味を変えるのだろう。

そして、車列の先頭で手綱を握っていた御者は、準備していたランプを手にすると、頭上で大きく8の字を描く様に回して見せた。

闇夜の中を、オレンジ色の灯りがまるで鬼火の様に漂う。

それが事前の取り決めだったのだろう。

その合図に城壁の上から周囲を見張っていた人影が直ぐに気付く。

人影が身に纏っている鎧兜などから察するに、この男は王都守備隊の隊長なのだろう。

兜に付けられた飾りと、マントの留め具がその身分を明確に表している。

問題は、そんな身分の人間が、こんな深夜に自ら見張り櫓の上に登って、周囲を警戒していたという不自然な事実。

男の名は、アレン・ウッド。

この王都ピレウスの貴族や有力商人達の屋敷が立ち並ぶ区画と、平民達が住居する外郭とを隔てる南門を守護する王都守備隊第六大隊の長だ。

普段であれば、城門の内部に設けられた執務室で書類仕事に奔走している責任者がこんな時間に現場に居るというのはかなり異例だと言える。

確かに、責任者として現場の視察を行う事はあるが、今迄は日中に行われるのが大半なのだ。

だが、アレンの背後に控える部下達も、その不自然さに疑問を呈するつもりはないらしい。

少なくとも、表面的には……であるが。

そして、そんな部下達から醸し出される微妙な雰囲気を理解していながらも、アレンは自らの役目を遂行していく。

「来たか……予定通りだな……」

アレンの口からそんな言葉が零れた。

もっとも、その顔はどちらかといえば緊張で強張っている。

その表情から察するに、予定通りとは言いつつも、あまり好ましい訪問者ではないのは明らかだ。

本来であれば受け入れたくはないのだろう。

そんな気持ちがありありと見て取れる。

だが、アレンとしても今更怖じ気づいて、ケツをまくる訳にもいかない事情があるのだ。

そして、アレンは手にしていたランプを左右に振って馬車へ合図を送ると、傍らに立つ副隊長へと命じる。

「城門を開けてくれ」

硬く強張った声。

それはまるで、戦場で敵兵に突撃を命じる指揮官の様だ。

そして、そんなアレンの命令に、副隊長であるエリックは顔を顰めながら最後の確認を行う。

「本当によろしいので？　もし、この件が表ざたになった場合、ウッド大隊長の御立場はかなり不味い事になると思いますが……？」

第六大隊の副隊長として大隊長を補佐するのが役目である以上、エリックとしても言うべき事は言わなければならない。

それは、部下として上司に対して告げる心からの忠告であり諫言。

少なくとも、このアレンという男はエリックをはじめとした部下達から、それなりに慕われているらしい。

ただその一方で、表情から察するに、彼の言葉には若干の保身も含まれているのだろう。

エリックの顔には上司に対する配慮以上に、戸惑いと不安が入り混じってもいる。

とは言え、それは無理からぬ事。

何しろ、「親亀こけたら皆こける」という言葉があるように、リーダーが失脚すれば、その影響は部下にも及ぶのだから。

それも、決して小さいとは言えない影響が……だ。

エリックが躊躇うのは当然と言えるだろう。

だが、アレンはそんなエリックの気遣いに対して首を横に振った。

とは言え、その顔に浮かぶ苦渋の色から察するに、自分の決断がどのような難儀を齎すかを理解していない訳ではないらしい。

「それは、分かっている……だが、構わない。城門を開けてくれ。責任は俺が取る」

そして、上司にそう言われてしまえば、部下であるエリックが口に出来る言葉は一つしかなかった。

まぁ、上司が言う「俺が責任を取る」という言葉に何処まで信頼性があるかは不明であるのは確かだ。

部下に累が及ばぬ様、本当の意味で責任を取る事の出来る上司など滅多に存在しないのだから。

いや、この場合本人の意志はあまり重要視されない。

問題になるのは、組織としての決定を下せる人間の意志。

この場合は、ローゼリア王国の国王であるラディーネ・ローゼリアヌスと、その補佐役であるエレナ・シュタイナーや、宰相であるマクマスター子爵の心持ち次第だろう。

だが、事ここに至れば、エリックも大隊の副隊長として命令に従うより他に道はない。

「了解しました……」

そして、エリックは背後に待機していた隊員に手で合図を送った。

もっとも、その言葉に躊躇いと葛藤が含まれているのは否めないだろう。

何しろ、この夜間に許可もなく城門を開けて、謎の集団を通そうというのだ。

城門の守備と通行の管理を任された王都守備隊の隊員としては、到底看過出来ない行為と言える。

それは職責に対する背信行為に他ならないのだ。

いや、単なる職務に対する背信行為で済めばまだマシだ。

場合によっては、ローゼリア王国への反逆とすら取られかねない罪だ。

アレンの背中をジッと見つめるエリックの脳裏に、最悪の結末が過る。

（止めるなら今が最後の機会だ……）

勿論、事ここに至れば、単なる諫言でアレンが命令を撤回する事はない。

となれば、残る手段は実力行使しかないだろう。

（だが……）

エリックは自分の剣術の腕を卑下するつもりはないが、それでも平民から中級騎士にまで成り上がったアレン・ウッドと比べれば確実に二段は劣る事を自覚していた。

少なくとも、一対一での勝負では結果は目に見えている。

それは、エリックの戦士としての冷静にして冷徹な判断だ。

（もし、勝機があるとすれば、背後から奇襲を仕掛けるか……さもなければ部下達と共に数で押すかのどちらか……だが、現実的には不可能だろうな……）

奇襲したところで、成功する可能性は甘く見積もっても五分五分が関の山。

部下達と共にアレンを囲むというのも、今すぐには難しい。

下手に剣を抜けばエリックが反乱を起こしたようにしか見えないのだから。

そう考えると、この場で直ぐに実行出来る選択肢は無いと言っていいだろう。

しかしその一方で、このまま手をこまねいていて良いのかという思いは捨てきれない。

（どうしたら良い？　何が出来る？）

逡巡する想い。

しかし、そんなエリックの想いとは裏腹に、事態は粛々と進んでいく。

それは時間にして、長くとも一分程度の時間。

重苦しい音を響かせながら、城門がゆっくりと開く。

そして、石畳の上を通る車輪と馬蹄の音が響き、やがて闇夜の中を王都の外郭の方へ向かって消えて行った。

今からでは、馬車を止める事など出来る筈もない。

最早、賽は振られたといった所だろうか。

「それでは私はこれで……部下達には念のため釘を刺しておきます」

「あぁ、面倒を掛けるが……頼む」

その言葉に小さく頷くと、エリックは踵を返した。

城壁の中に設けられた階段を足早に下りながら、エリックは自問自答を繰り返す。

止められなかった以上、今出来るのは今夜の一件を隠ぺいするより他に道はない。

(大丈夫だ。部下達には口止めしておけば問題ない……少なくとも自分の立場を悪くする様な愚かな選択はしない筈だ)

例の一団の通過を許したという時点で、今夜の当直に当たっていた隊員達は無関係とは言えない。

如何に上司の命令があったとはいえ、その正当性を確認せずに城門を開けたという事実は、職務放棄だと責められても致し方のない事なのだから。

だから、部下達の口から、今夜の一件が漏れる可能性は低い。

とは言え、絶対にありえないと言い切れないのも事実だ。

それに、部下達は口を噤んでいても、例の一団が誰にも見咎められていないという保障はないのだから。

極端な話、何かの理由で窓の外を見ていた住人が、一団を不審に思って、守備隊の誰かに通報すればそれだけで、事実が露見してしまいかねない。

（まぁ、そんな可能性はまずないだろうが……だが、万が一にでも表沙汰になれば……）

そうなった場合、最も被害を受けるのはこの城門の守備を任されている大隊の長であるアレン自身。

最低でもアレン・ウッドは王都守備隊から追放される事になるだろう。

（いや、職を失う程度で済めばまだマシな結末だ）

場合によっては、投獄や奴隷落ちの可能性も考えられる。

それを逃れるとなれば、拘束される前に家族と共に王都から逃げ出すしかない。

何方にせよ、今まで積み上げてきた実績や名誉は間違いなく露と消える。

それは、火を見るよりも明らかな結末だ。

そして問題は、そんな危険を負ってまで、彼等の通行を認めるメリットがあるのかどうかという点だろう。

（確かに、王都守備隊の大隊長という地位は、決して重職とは言えない……騎士団とは違い、守備隊はどうしても地味な印象だから……な。そういう意味からすれば、賄賂を受け取った可能性も否定は出来ない……か）

勿論、エリック自身は、その可能性が低い事を理解している。

平の隊員ならばさておき、少なくとも大隊長クラスの人間が、多少の賄賂と引き換えに、深夜帯の城門の通行を許可する可能性はまずない。

(だが、王都に暮らす住民達がこの一件を知れば、大半の人間が金に転んだと考えるだろう……な)

エリックの口から自嘲と悲しみの入り混じった深いため息が零れた。

立身出世を夢見る子供に将来の夢を聞いた時、騎士団に入りたいと答える子供は多いが、王都守備隊に入りたいという子供は限られるのが実情なのだ。

いや、限られるというよりも皆無といった方が正しいかもしれない。

例外があるとすれば、父親や親しい親戚が王都守備隊の所属であるといった、限られた場合だけだろう。

実際、王都守備隊は王都の治安維持が主な任務であり、戦場に出て武勲を得るという事がまずない仕事だ。

当然、名声を得にくい仕事だし、出世という意味でも、頭打ちになりやすいのは確かだと言える。

(そういう視点で考えれば、ウッド大隊長が金で転んだという可能性もない訳ではないが……ね)

組織の中で出世が見込めないとなった人間が、金銭欲を満たそうとするのは、割と話ではある。

とは言え、それはあくまでも王都守備隊の実情を知らない人間の浅はかな考えだと言えるだろう。

（王都守備隊の大隊長という役職は、多少の賄賂と引き換えに出来るほど軽い物ではない……）

勿論、王都守備隊の中に、汚職に手を染める人間が一人も居ない等とは、エリックも口が裂けても言えない。

実際、表ざたになるかどうかはさておき、年に数人はそう言った汚職によって、摘発されているのだから。

（確かに、王都守備隊を構成する隊員の多くは、平民階級出身者で構成されている。手練れと呼ばれる隊員の数も騎士団に比べれば少ないのが実情だ……）

そういう意味からすれば、構成員が全て武法術を会得している騎士団に比べて、戦力という意味で低いというのは否定の仕様がない事実ではあるし、その結果、守備隊が騎士団に比べて一段も二段も低く見られるのはある意味当然と言えなくもない。

（何しろ、広大な敷地面積を誇る王都ピレウスの城門を警備し、街の巡回なども行うのだから、当然だろうな）

守備隊は、現代風に言えば兵士と警察官を合わせたような仕事と言えるだろう。

その為、どうしても頭数が必要となるのだ。

それに加えて、王都の警備を行う際に取り締まりの対象となる住民達の多くは平民階級が殆ど。

　そして、武法術を会得していない平民であれば、日常的に軍事訓練を受けている守備隊の隊員ならば容易に制圧が出来る。

（勿論、取り締まりの対象の中には武法術を会得した傭兵や冒険者も含まれはするが、本当の意味で卓越した強者というのは限られている。如何に武法術を会得しているとはいえ、大抵の傭兵や冒険者なら、数で押せば相手を制圧する事が可能だろうし、もし一般の隊員では手に負えない強者が相手になった場合には、中隊長や大隊長クラスの人間が出れば良いだけの事だからな）

　そういう意味からすると、隊員一人一人の力量よりも、人数が重視されて編制されるのは仕方のない事だと言えるだろう。

　まさに、質より量というわけだ。

　また、実際に敵と戦う場合、王都守備隊はあくまで城に籠って戦う事を想定しているというのも、構成員の多くが平民出身者である理由の一つだろう。

　攻城戦における守備側であれば、城壁の上という安全地帯から投石や弓を射かける等の攻撃が主になるので、騎士団の様に武法術を会得していなければ、王都守備隊に所属する事が出来ないという訳でもないのだ。

　それが、近衛や親衛騎士団を筆頭にしたローゼリア王国に存在する六個騎士団と同じ、王国に仕える常備兵力でありながらも、守備隊が低くみられる大きな理由なのは間違いない。

だが、それはあくまでも平の隊員や小隊長までの話。

人材の限られる地方都市の守備隊ならばいざ知らず、王都ピレウスに配備された守備隊で、中隊長以上の役職に任じられるのは騎士の爵位を持つ貴族階級出身者か、平民出身でも中級以上の騎士の身分を得た有能な人間だけだ。

大隊長ともなれば、そんな粒よりの中隊長の中から更に熾烈な出世競争を勝ち抜くだけの力量と運が必要となる。

その上、王都ピレウスの城門を預かる王都守備隊の大隊長ともなれば、首都の防衛を担うという役目である為、ローゼリア王国に対しての忠誠心や能力も厳格に試験されるのだ。

(確かに、派手さのない地味な役目ではあるだろう。だが……)

エリックの心に宿る王都守備隊への自負や誇りは、決して驕りや幻想ではない。

王都ピレウスの治安を担う大切な役目であり、王国側もそういった点を考慮してそれなりの待遇を与えている。

副隊長であるエリックでもそう感じているのだ。

更に上の役職であるアレンの待遇がそれ以上である事を考えれば、少なくとも、多少の袖の下で棒に振るには惜しいと考えるのが普通だろう。

それにも拘わらず、アレンはリスクを取る決断を下した。

(それには、何か相応の理由が有る筈だ……)

そして、エリックの脳裏には、既に彼らが何者であるかその正体も、何故アレンが危険な決断を下したのかその理由も、ある程度想像出来ていた。

そして、もし仮にエリックの想像が正しかった場合、事は大隊長の首一つで収まるとは思えなかった。

状況次第ではあるだろうが、命令に従った副隊長や王都守備隊の隊員達にも火の粉が飛んでくる可能性が高い。

何しろ、エリックの想像通りであれば、彼等はこの王都ピレウスに於いて、平民達から最も憎悪と嘲笑を向けられている一族の筈なのだから。

（まぁ、この時期に王都からこんな手段を用いてでも逃げ出さなければならない人間なんて、あの家の連中しか考えられないから……な）

先日行われた審問によって、ロマーヌ子爵と彼の家の主だった面々は、救国の英雄を誣告しようとした罪によって既に投獄されている。

ローゼリア王国建国期から連綿と続いてきたロマーヌ子爵家も、此処に断絶の憂き目を見る羽目になった訳だ。

そして連座制の考えが一般的である大地世界において、犯罪者の家族は、罪を犯した当人と殆ど同じ扱いを受ける。

人権意識が低く、治安維持の為の警察力が低いこの世界では、そう言う見せしめ的な行為が無ければ、犯罪を抑止出来ないからだ。

しかし、今回に限っては、今迄とは些か趣が異なっている。

ロマーヌ子爵家の血縁者の中には、投獄された人間もいるが、一族全員が投獄された訳ではないのだ。

ラディーネ女王の慈悲という名目によって、ロマーヌ子爵家の血縁者でも罪を免れた人間は多い。

(新国王の治世を初手から血塗られたものにするべきではないという貴族達の声もあり、恩赦を与えた訳だ……ただ、それが必ずしも良い事であるとは言い切れないのもまた事実だろう……な)

恩赦により、投獄は免れたものの、ロマーヌ子爵家が保有していた私財は全て没収されている。

投獄されなかった彼等は、文字通り生きる術を失ったと言っていいだろう。

それに加えて、彼らが免れたのはあくまで、御子柴亮真に対しての誣告の罪だけというのが問題だった。

(平民階級に対しての今までの行状が行状だからな……彼方此方から相当な恨みを買っているだろう)

街の治安維持も任務に含まれる王都守備隊に所属している以上、このローゼリア王国に於ける貴族階級の横暴な振る舞いと、そんな理不尽に泣かされてきた平民達の怨嗟の声は、今まで幾度となく目にしてきたし、耳に入ってもきている。

当然、ロマーヌ子爵家の跡取りであるマリオ・ロマーヌの王都における行状も聞き知っていたし、そのあまりに横暴な振る舞いに対して、部下達からもロマーヌ子爵家に対して王都守備隊として正式に抗議を行うなどの対応策を講じて欲しいとの嘆願を受けてもいたのだ。

正直、これはかなり珍しい事態だ。

貴族階級と平民階級の間に存在する壁の存在を最も身近に目にしてきた王都守備隊の隊員達にしてみれば、下手に抗議などして逆恨みをされるリスクを避けたいと考える方が自然だろう。

それだけ、マリオ・ロマーヌの振る舞いが限度を超えていたことの証と言える。

そして、そんな傍若無人なマリオ・ロマーヌという存在を野放しにしてきた以上、ロマーヌ子爵家の縁者達の行状など言うまでもない。

(あそこまで酷いかどうかはさておき、まぁ、連中の大半が同じ穴の狢だろうからな……)

そして、そんな彼等は今、世の無常さをその身で味わう羽目になった訳だ。

彼等はロマーヌ子爵家の血縁者として、様々な特権を享受してきた。

その中には、当然の事ながら犯罪の揉み消しや隠ぺいなども含まれている。

まさに、虎の威を借る狐。

文字通り、ロマーヌ子爵の地位と権力を笠に、好き放題してきた訳だ。

だが、虎の威を借りる事で生きてきた狐達は、虎という後ろ盾を失えば生きていけない。

それこそ、怒りと憎悪に燃える狩人達の手で、瞬く間に狩られる事は目に見えているだろう。

(そしてその中には、年端のいかない子狐も含まれている)

狩人達にすれば、多少の良心や哀れみに目をつぶり、このタイミングで狡猾な狐の血を絶やす方が後腐れないのだから。

いや、中には今までの恨みを晴らそうと嬉々として襲い掛かってくる人間も居るだろう。

そして、それは狐側も十分に理解している。

(それに加えて今は貴族達の間でも、彼等を切り捨てようという動きがあるという話だしな)

今のローマーヌ子爵家に対して、表立って助力や支援を行おうというローゼリア貴族はまず居ない。

それは、大半が血縁関係を持っている貴族社会において、極めて異例と言える事態だろう。

だが、今回の一件は国王であるラディーネ女王の意向が既に示されている。

また、宰相であるマクマスター子爵や軍部を掌握するエレナ・シュタイナーも、ローマーヌ子爵家を排除する方向で動いている以上、その流れに逆らうのは難しいだろう。

心情的には援助したくとも、情勢を考えればあまりにも危険過ぎるのだ。

(もしいるとすれば、そいつは時勢を見極める事の出来ない余程の阿呆だけだろう……な)

そして、そんな愚者に貴族家を保つ事など出来る訳がない。

確かに、政治的には愚鈍で暗愚な人間の多いイメージが強いローゼリア王国の貴族達だが、彼等は決して本当の意味での無能や馬鹿ではないのだ。

いや、保身や私腹を肥やす事には長けているし、祖国を蝕むという意味ではまさに超一流と言えるだけの能力を持っている。

特に彼等の家名や自らの命を守る事に関しての嗅覚は鋭い。

だからこそ、こんな夜逃げ同然の逃避行を選んだのだ。

(単に、その能力を自らの欲望を満たす為に使っているというだけの事なのだろうな……)

勿論、それが絶対的な悪だとは言えないだろう。

生命体として、自己の利益や幸福を追求するのは極めて自然な事なのだから。

水清ければ魚棲まずという言葉は本来、清廉潔白過ぎる人間は逆に人から疎まれ軋轢を生むという意味だが、これは何も人格だけに適用される話ではない。

考え方自体は、政治や社会でも同じだ。

現実を無視して理想を追い求めれば必ずどこかで破綻をきたす。

綺麗過ぎる水に魚が棲めないのは事実である一方で、汚過ぎる水でも魚は棲めない。

問題なのは、その度合いでありバランス。

まさしく、過ぎたるは猶及ばざるが如しと言ったところか。

(だが、この国の貴族達は……そういったバランスをあまりにも無視し過ぎた)

それは、長い年月の間、特権階級に属してきた故の弊害なのだろう。

それが今、一気に噴き出したのだ。

それはまるで、利息が雪だるまのように膨れ上がった借金の一括返済を求められている様なものだろうか。

(そして、その負債はロマーヌ子爵本人のみならず、その親族にまで飛び火する事になる)

返済するものが金銭か怨恨かの違いは有るが、貴族でも平民でも負債を返しきれない人間の行き着く先は同じ。

代価として命を支払う事になるか、奴隷として人としての尊厳を奪われる事になるか。

何れにしても悲惨な結末になるのは目に見えている。

そして、それが嫌ならば、全てを捨てて逃げ出すより他に道はない。

そういう意味からすれば、あの一団の判断は極めて自然だと言えるだろう。

ただ問題なのは、そんなロマーヌ子爵家の血縁者達の逃亡を、アレンが手助けしようとする理由だ。

(恐らく、奥方に泣きつかれたのだろうな……そして、奥方がそんな嘆願を大隊長にした理由は一つしかない……)

エリックは、自分の上司が何故そんな行為を自分達へ命じたのか、その理由を朧気ながらに理解していた。

平民階級出身であるアレンは、若くして騎士の登用試験を突破した俊才だ。

人格的にも大きな問題はないし、能力的には王都守備隊の大隊長は疎か、騎士団の大隊長になっても何の不思議もなかっただろう。

だが、如何に能力や人格に優れていようとも、必ずしも出世出来るとは限らないのが世の常。

実際、厳格な階級社会であるローゼリア王国に於いて、平民階級出身というのは大きな足枷でしかない。

特に、近衛騎士団や親衛騎士団は生粋の貴族階級でなければ、まず所属する事が出来ないのが現実なのだ。

(勿論、何事にも例外は存在するが……)

例えば、【ローゼリアの白き軍神】と謳われるエレナ・シュタイナーは、そんな厳格な階級社会であるローゼリア王国に於いて、平民出身でありながらも将軍にまで上り詰めている。

とは言え、それはあくまでも例外でしかない。

軍神とまで謳われるほどの突き抜けた領域に住まう英傑など、大陸全土を見回しても指折り数えられる程度の人数しか存在しないのだ。

(彼等は文字通り、一国の趨勢を担う人の形をした化け物。だが俺達は違う)

人を超えたと謳われる程の才気を持っていれば、平民出身だろうとも出世する事は可能ではあるのだ。

それはある意味、実力主義と言えなくもないだろう。

だがその反面、他より多少秀でた程度の能力では身分の壁を超える事は出来ないという現実を表してもいる。

そして、アレン・ウッドという男は、確かに優れた才能を持ってはいるものの、その才能は、あくまでも人の範疇に収まる程度のものでしかない。

(隊長が優秀だという評価の異論はない……だが、平民出身という出自を考えれば、何処か地方都市の守備隊で中隊長を務める程度が関の山だった筈だ)

勿論、同じ騎士の身分を持ってはいても、近衛騎士団などの所属する大隊長クラスの役職と比べれば、王都守備隊の大隊長という役職は軽く見られやすい。

そういう意味からすれば、競争率が多少低いのは事実だろう。

（しかし、仮にも一国の首都であるピレウスの城門を守る王都守備隊の大隊長だ。貴族から見ても十分に価値がある）

勿論、上を見上げればキリがないだろうが、それでも十分に箔が付く役職と言えるのだ。

貴族達にしてみれば、身内を隊長に据えるだけでも価値があるという事になる。

だから、そんな役職に平民出身者が就くなど、本来は有り得ない。

（自分達が就きたい地位を、態々好き好んで平民に譲ってやろうなどという奇特な貴族が居る筈もないからな）

そして、余程の能力差が無い限り、貴族と平民が同時に候補者として名前が挙がれば、間違いなく貴族が優先される。

（王国側としても、何処の馬の骨とも知れない平民よりも、長い歴史を持つ貴族家の人間の方を優先したいと考えるのは、それほど不自然ではないからな）

しかし、現実としてアレンは平民では限りなく不可能に近い筈の、王都守備隊の大隊長にまで出世している。

（そんな無理が罷り通った理由……）

それはアレン・ウッドが、ペルマン男爵家の五女を正室に迎えているという事実を置いて他にないだろう。

彼女は、ペルマン男爵の現当主が、とある平民の女を戯れに手を付けた結果、産まれた庶子。

無論、庶子とは言え歴としたペルマン男爵家の血筋を持つ人間に変わりはない。

そういう意味からすれば、貴族同士での婚姻が本来であれば普通だ。

だが、ローゼリア貴族の常識的に、他の貴族家へ嫁がせるには外聞が悪いのも事実。

仮に貴族家へ嫁ぐとなれば、相当な持参金を支払うか、親子ほども年の離れた男の後妻にでもなるより道はなかった筈だ。

（それに比べれば、平民出身ではあるとは言え、歴とした騎士であるウッド大隊長と縁を結んだ方が得だとペルマン男爵は判断したのだろうな）

その結果、ペルマン男爵から庇護を受けたアレン・ウッドは、王都守備隊の大隊長にまで伸し上った訳だ。

（そして、ペルマン男爵家はロマーヌ子爵家とは遠縁関係の筈……）

つまり同じ穴の狢であり、出来れば庇いたい身内という事になる。

（まぁ、ペルマン男爵の庇護を受けて出世してきたウッド大隊長にとって、奥方の嘆願を無下にするという選択肢は有り得ないだろうな）

本来であれば就く事の出来ない地位に就く事が出来た代償は、それだけ重いのだろう。

それこそ、自分の人生や生命を賭けの代価にするくらいなのだから。

（それに、下手に断ればそれはそれで不味い事になった筈だ。今夜の一件は恐らく、ペルマン男爵家の独断という事はないだろうから……な）

王都ピレウスは複数の城壁に守られた城塞（じょうさい）都市だ。

そして、アレン達が守るのは、貴族や有力商人達が暮らす中層部と、平民達が暮らす下層とを分ける城門の一つでしかない。

つまり、王都ピレウスから出る為には、更にもう一つ、何処かの城門を潜らなければならない。

そして、彼らが向かった城門が何処であるにせよ、そこを管理している部隊が認めなければ、あの一団が王都の外へ逃れる事は出来ない事になる。

つまり、最低でもあと一個大隊は、今夜の一件に関与（かんよ）している訳だ。

（下手をすれば総隊長や騎士団側にも話が行っている可能性もあるだろうし……な）

つまり、それなりに力と影響力（えいきょうりょく）を持つ複数の貴族家が関与しているのは明白だった。

そして、そこまでの根回しがされている以上、そう簡単に今夜の一件が表沙汰になる事は無い筈だ。

（闇から闇……場合によっては始末されるだろうな）

幾（いく）ら権勢に陰（かげ）りが出ているとは言え、この国を支配している貴族達にとって、その程度は造作もない事なのだから。

（ただ問題は……そこまでする理由だ……それも、この時期に……）

内に目を向ければ、先の戦に於いて勝利をつかんだ御子柴亮真が大公位に叙勲（じょくん）し、新国王であるラディーネ・ローゼリアヌスの下で、新たな政治体制を構築しようという微妙な時期だ。

それに加えて、国外に目を向ければ、オルトメア帝国がザルーダ王国への再侵攻を開始した矢先に、南部諸王国がミスト王国へと兵を上げている。

まさに国内にも国外にも問題が山積している状況。

普通に考えて、ローゼリア王国という国は危急存亡の瀬戸際と言っていいだろう。

一つ間違えれば、文字通り国が滅びかねないのだ。

(そして、それは貴族達も理解している筈だ……)

問題は、そんな状況であると理解していながら、貴族達が動いた理由。

単に身内を助けたいというだけの事なのか、はたまた全ての元凶である御子柴大公家への敵意や反感からくる一種の意趣返しなのか。

(勿論、単に足を引っ張りたかったというだけの可能性もあるが……)

しかし、何となく釈然としないものをエリックは感じている。

貴族達はあくまでローゼリア王国という宿主に寄生している寄生虫。

王国という存在が消え失せれば、貴族達のほとんどがこの世から消え去る事になる。

それを逃れられるのは、余程入念な準備をした一部の貴族くらいのものだ。

それが分かっていながら、この状況で我欲や自らの利権を優先させるだろうか。

(有り得ないとは言いきれない……だが或いは……何か他に理由があるのか?)

それは、単なる憶測であり、たまたま思いうかんだ可能性。

何か根拠があっての疑問ではない。

だがその疑問は、階段を下りきった後も、エリックの脳裏にこびりついたまま消えようとはしなかった。

しかし、エリックがその疑問に対する答えを知る日は、永遠に訪れる事はない。

何故なら、その答えを知る資格を持つのは、このローゼリア王国という国が抱く闇の部分を担う限られた一部の人間達だけなのだから。

「まぁ、分からない事は考えても仕方がない……俺に出来る事をするしかない……か」

そう小さく呟くと、エリックは足早に城門の横に設けられた待機所へと向かった。

自らの脳裏に浮かぶ最悪の事態が、単なる杞憂で済むのを願いながら。

だが、エリックは気付かなかった。

今夜この城門で起きた全ての成り行きを闇の中から見届けていた、もう一つの集団が存在しているという事実に。


その男達は皆、黒衣でその身を包み、夜の闇に紛れて幽鬼の様に佇んでいた。

城壁の上にも、王都の路地裏にも、彼等は存在している。

その数は恐らく、数十を下る事は無いだろう。

いや、王都郊外に配置された人員まで数に入れれば百人近い。

だが、その存在に気が付く事の出来る人間は限られていた。

いや、もし気が付いてしまえば、その不幸な人間には、とても気の毒な結末が訪れる事にな

るだろう。

とは言え、そんな彼等の存在を察する事が出来るのは、余程の訓練を積んだ強者だけ。

実際、アレンやエリックなど、隊長クラスの武人が、彼等監視者の存在に気が付けなかった事から見ても、彼等の隠形の腕前は並外れていると言って良い。

そして、その希薄な存在感とは対照的に、彼等の目はまるで獲物を見つめる猛禽の如き鋭い光を放っている。

彼等は、闇に生き闇に死ぬ定めを負った影。

ローゼリア王国の貴族達の中でも、最上位に属する有力者達が個人的に召し抱えている毒の短剣達だ。

そんな彼等の、その存在理由はただ一つ。

主家の主から下された表に出せない裏の仕事を遂行する為に他ならない。

そして今、彼等は主から下された密命を果たす為に、蜘蛛の巣の様な包囲網を王都ピレウスに敷いていた。

勿論、その網の中心に居るのは、王都の闇に消えた例の一団。

王都近郊に佇む一軒の小屋では、影達の長が部下から上がってきた報告に耳を傾けている。

そして、報告を聞き終えた長の口から重苦しく声が零れた。

「成程、此処までは予定通り進んでいる様だな……第六大隊長であるアレン・ウッドという男は、平民出身でありながら、中々に気骨がある人物という話だったので、こちらの思惑通りに動くか少しばかり心配だったが……」

「部下の報告に拠れば、かなり逡巡していた様ですが……」

「そうか……念の為、お嬢様からペルマン男爵へ話を通していただいて正解だったな」

その言葉に含まれているのは安堵。

普段の冷徹な長にしては珍しい反応と言えるだろう。

裏の仕事を担うような人間にとって、感情を表に出さない様に訓練を積むのは当然のたしなみなのだから。

だが、それが分かっていても、この場に居る誰もが、長の言葉を不自然だと感じなかった。

今回の任務がどれほど主家にとって重要か理解していれば、それも当然の事なのだから。

(我がハルシオン侯爵家の浮沈が掛かっているのだから……な)

先日行われた御子柴大公家との会談で、ハルシオン侯爵家の新党首となったシャーロット・ハルシオンは、その策謀と政治的な力量を認められ、新たなローゼリア王国に於いて一翼を担う事になった。

だがそれは、あくまでも暫定的な処置。

言うなれば有罪判決を受けた人間が執行猶予をもらえたというだけの事に過ぎないのだ。

その猶予期間中に、自らとハルシオン侯爵家が持つ利用価値を示せなければ、直ぐに切り捨てられるのは目に見えている。

そして、それを避ける為の方法はただ一つ。

ハルシオン侯爵家としての利用価値を示す事に他ならない。

（まぁ。それは他の家も同じ事だがな……）

シャーロット・ハルシオン、ディアナ・ハミルトン、そしてベティーナ・アイゼンバッハの三人を中心とした、有力貴族家の令嬢達はその美しさもさる事ながら、長く宮中で政争に明け暮れてきた英才達。

彼女達は自らが剣を持って戦う事こそないが、その代わりに謀略や策謀に長け、知恵を武器に王宮内での暗闘を繰り広げてきた。

そんな彼女達は皆、女性の身でありながら家督を継ぐ立場になった。

それもこれも、王国建国期から連綿と続いてきた自らの家門を存続させる為であり、その為に必要な実績を上げる機会に飢えている。

それはまさに、命懸けの生存競争。

問題は、この生存競争には絶対に犯す事が許されない明確な規則があるという点だ。

そして、規則が存在する以上、それを監視する審判も存在している。

（勿論、明言はされていない……だが、監視者が居ないという事は無いだろう……）

それに加えて、長の第六感が自分達に向けられている視線を感じていた。

それは、ハルシオン侯爵家に長年仕え、裏の仕事に携わってきた長でも、確信が持てない程微かな違和感。

（だが、単なる緊張や気の迷いではない……）

となれば、残される可能性はただ一つ。

（御子柴対応家に仕えている密偵達……だろうな）

名前も、規模も分からないが、御子柴亮真がウォルテニア半島に向かった時から存在しているとされる彼等は、今やローゼリア王国で裏の仕事を担う密偵や工作員の間では、鬼や悪魔の様に恐れられている。

そんな手練れの集団が、今回の策謀の推移を逐一監視しているのだ。

（彼等の前で失態を犯す事態が起こるなど、想像しただけで悪夢だ……な）

そんな事にでもなれば、ラディーネ達の尽力が全て無駄になってしまう。

「後の手筈は済んでいるな？」

「はい……全てご命令通りに……」

「ならば良い……お嬢様からも厳命されているのだ。万に一つも失敗は許されない事を肝に銘じておけ」

その回答に長は深く頷くと、部下に念を押す。

「それと分かっているとは思うが、他家との情報連携は念入りに行う様に……特に、情報伝達に齟齬が生じる様な事態だけは絶対に避けなければならないからな」

「分かっております。部下達にもその点に関しては十分に釘を刺しておりますので、ご安心ください……」

「ならば良い」

部下の言葉に、長は険しい表情を浮かべつつも深く頷いて見せる。

実績を上げるという点だけを考えれば、手柄を独占したくなるのが普通なのだ。

特に、自分の家名存続が掛かっているとなれば、他家を蹴落としてでも自分だけは助かりたいと考えたくなるのが人の弱さであり、生存本能なのだから。

(ましてや、ハミルトン伯爵家やアイゼンバッハ伯爵家の者と手を組んだとなれば……な)

同じ貴族派に属しているとはいえ、ハルシオン侯爵家と彼等は味方ではない。

敵対している訳ではないが、自家の勢力を拡大していく上で競争相手ではあるのだから。

少なくとも、北部征伐が行われる前の時代であれば、シャーロット達が協力関係を構築するなど考えられなかった筈だ。

必要に迫られた結果とはいえ、共に手を携えて事に当たるなどという状況など、まさに想定外の事態としか言い様がない。

(しかし和を乱せば、あの方のご不興を買いかねない。いや、単に不興を買うだけじゃ済まないだろう。貴族達を管理する能力が無いとみなされ、ハルシオン侯爵家が潰される事になるのが目に見えている)

御子柴亮真という男にとって、ローゼリア王国の貴族達は、文字通り生ゴミの様な存在でしかない。

いや、生ゴミは腐敗こそすれ、王国民を意図的に虐げる事など無いし、国政を蝕む事も無い。

そういった点を考慮すると、この国の貴族という存在は、生ゴミよりも遥かに質が悪いと言える。

（建国より続く名家。今まではそれで通った……だが、あの男は違う。それを許容する程、あの男は甘くない……）

直接的に言葉を交わした事はないが、長も諜報に関わる人間だ。

御子柴亮真という男に関しての情報は、出来得る限り収集している。

そして、その集めた情報から、導き出される結論は一つしかない。

（使えないとなれば当然、排除する事を考えるだろう……）

勿論それは、先日行われた会談でシャーロット達が交渉した結果、中止になってはいる。

しかし、それはあくまでも一時的に棚上げとなっただけであり、御子柴亮真という男の基本的な政策方針は変わってはいないというのが、長の考えであり、シャーロット達の見解。

あくまでもザルーダ王国とミスト王国同時に起こった、想定外の事態に対処する為に、猶予期間を設けただけの事でしかないのだ。

だからこそ、その猶予期間の間に、どうしてもシャーロット達は、自らの利用価値を御子柴亮真に対して証明する必要が出てくる。

（そんな状況で主導権争いなど愚の骨頂でしかない……それは言うなれば、この国の貴族を統制するだけの能力や力が無いと宣言するのと同じ事）

大切なのは自制心と協調性だろう。

そして、それを理解しているからこそ、今回の謀略はハルシオン侯爵家を中心に、各家が抱える密偵の合同作戦として行われる事になったのだ。

(今のところ、台本通りに進んでいるとはいえ、今はまだ演劇で言うと第一幕中盤の山場を越えた辺りと言ったところだろうか……まだまだ安心するのは速い……か)

勿論、部下の力量に自信は持っているし、計画を立案したシャーロット達の智謀にも厚い信頼を置いている。

女の身であるが故に、長年陽の目のみない仕事ばかりやってきたシャーロットだが、その能力は父親であるハルシオン侯爵よりも上なのだから。

だが、それでもこの手の汚れ仕事で絶対などという言葉は存在しない事を、長は嫌という程に理解していた。

「このまま、何事もなく進めばいいが……な」

そんな言葉が長の口から零れた。

それは、長年汚れ仕事を生業としてきた男にしては似つかわしくない言葉だろう。

しかし、それは同時に心からの祈りでもある。

どれほど緻密な計算の下に準備された策も、ほんの少し予想外の事態が起きただけで、水泡に帰してしまう事がある事を、長は身に染みて理解しているのだ。

それは、人事を尽くして天命を待つと言った心境だろう。

その時、白い尾を棚引かせながら星が天空を横切った。

まるで、長の願いを神が聞き届けたかの様に。

第一章　影達の共演

ローゼリア王国南部イラクリオン周辺の穀倉地帯に設けられた間道を、荷馬車の一団が南へ向かって馬を走らせていた。

此処は、ローゼリア王国南部の中心地である城塞都市イラクリオンから更に南に下った辺りに位置する森の近く。

国境の街であるガラチアまで、馬車で三〜四日といった辺りだろうか。

この周辺には、ロマーヌ子爵(ししゃく)家が領地としている村や町が点在している。

天は分厚い雲に覆(おお)われ、月明りはおろか、星の瞬(また)きすらも見えない。

周囲は闇に覆われた漆黒(しっこく)の世界。

電灯という名の文明の利器を持たない大地世界(アース)において、夜の闇はまさに一寸先も見通す事の出来ない世界だ。

太陽の日差しで守られた日中とは全く違う異質な世界と言える。

傭兵や騎士(きし)といった戦闘(せんとう)の専門家でも、余程の覚悟(かくご)と緊急性(きんきゅうせい)が無ければ進んで夜の闇に挑(いど)もうという人間はまず居ないだろう。

そんな中を、小さなランプの灯(あか)りだけを頼(たよ)りに、乳飲(ちの)み子を抱えた集団が挑むなどまさに自殺行為に等しいと言えた。

だが、そんな事は彼等も十分に理解している。

その上で、彼等は選んだのだ。

大地世界の夜の闇に挑むという道を。

そんな中、赤子の泣き声が夜の静寂を切り裂いた。

「よしよし……泣かないで……お願いだから……ね」

腹を空かせたのか、はたまたオシメが濡れたのか。

慌てて女が我が子をあやし始めた。

赤子は泣く事が仕事だが、あまりに今は状況が悪すぎるのだ。

街道には結界柱が整備されており、怪物達の侵入を阻んでいるとはいえ、盗賊の類までは防いでくれない。

いや、怪物を阻んでくれる結界柱も、決して万能でもなければ完全でもないのだ。

万に一つの可能性ではあるものの、森の奥から大量の怪物達が人里に向かって走り出す暴走でも起これば、結界柱に施された付与法術の効果も、容易く打ち砕かれる事になる。

ましてや、此処は街道から外れた間道。

一応は結界柱で守られてはいるものの、その術式の出力は幾分低い上に、怪物達の支配地域である森に隣接している危険地帯だ。

勿論、赤子の夜泣き程度の騒音で、暴走が確実に起こる訳ではないだろう。

だが、それでも注意が必要なのは事実だった。

ましてや、今は国外への脱出行の最中なのだ。

少しでも人目を避けたいのは人情と言えた。

とは言え、言葉の分からない赤子を怒鳴りつけたところで事態は悪化するだけ。

だから、一団の先頭で手綱を握る男は、背後の荷台に乗る妻へ労りの声を掛けた。

「大丈夫か？　もう少しの辛抱だからな」

所詮は気休めでしかない事を理解してはいるが、他に伝えられる言葉はない。

そして、そんな夫の問いに、赤子をあやしていた妻は、ゆっくりと顔を上げて頷く。

「はい……分かっています」

とは言え、その声はか細く弱弱しい。

自らが置かれた状況を理解しているので休憩を求める様子はないが、既に体力の限界を迎えつつあるのだろう。

女の年頃は十代後半から、二十代に突入したかしないかと言った所だろうか。

二年ほど前にロマーヌ子爵家で書記官を務める夫の下へ、モンドー男爵家から嫁いできた女性だ。

未だ年若く、本来であれば輝かんばかりの活力に満ち溢れている年頃だろう。

しかし、そんな彼女の顔には、くっきりと疲労の色が浮かんでいる。

（無理もない……まともな休息も取れていないのだからな）

王都ピレウスを脱出して既に十日。

その間、碌に休憩を取る事もなく、不眠不休で街道をひた走ってきたのだ。

如何に石畳で舗装されているとはいえ、サスペンションの様な衝撃を吸収する機能を持たないただの荷馬車に揺られるのは、非常に体力を消耗してしまう。

勿論、短時間の休息は取っている。

だが、それはあくまで木陰で体を休める程度の物でしかない。

街や村できちんと宿を取る訳にはいかない以上、疲労が抜ける訳もないのだ。

ましてや、今は街道を外れて人目のつかない間道を走っている。

碌に舗装されていない道では、体力の消耗もさらに激しくなってしまうのは当然だった。

（ただ乗っているだけとはいえ、普段使う様な客車に乗っている訳ではないのだからな……こんな事ならば、叔父上に領内の道路の舗装を進言しておくべきだったか……）

夫に心配を掛けまいとしての言葉なのだろうが、無理をしているのがありありと見て取れるのだ。

勿論、なるべく負担が軽減される様にクッションなどを持ち込んではいる。

だが、そもそもこの馬車自体は、大地世界で広く用いられている、ただの荷馬車だ。

貴族御用達の馬車ならいざ知らず、ただの荷馬車にサスペンションの様な、気の利いた装備など望むべくもない。

それに、荷台には男の妻の他に、二家族が相乗りしている。

一応は毛布をカーテン代わりに空間を区切ってはいるが、それも所詮やらないよりはマシ程度の意味しかない。

（赤子の授乳の際も、彼等の目を避ける様に行うより他に、選択肢は無いのだから……な）

勿論、平民階級の人間であれば、赤子に乳を与える為に、人前で肌を露にする事を忌避する事はあまりない。

好き好んで人前で行おうとはしないだろうが、精神的な抵抗は低いのが一般的な反応だ。

だが、蝶よ花よと大切に育てられると同時に、夫以外の人間に自分の柔肌を見せる事を固く戒められてきた貴族階級の女性にとっては、非常に大きな問題と言えるだろう。

緊急の状況であるという点を考慮しても、中々に割り切る事は難しい。

そしてそれは、赤子の世話だけに留まる話ではない。

短時間ならばともかく、四六時中プライベートな時間が無いとなれば、精神的にもかなり厳しいのは言うまでもない事だ。

（普段は乳母やメイドに任せていられた育児を自らの手で行い、同じロマーヌ子爵家の人間とはいえ、プライバシーを確保しにくい荷馬車に、十日も揺られ続けているのだから……な）

貴族階級に属する女性の身でよく耐えたと言いたいところだが、それも限界を迎えつつあるのは当然だろう。

だが、そんな妻の様子に、男は黙って頷いて見せるより他に為す術がなかった。

（体力的にも精神的にも、かなり追い込まれているのは分かっているが……しかし……此処で

時間を浪費する事は出来ない）

勿論、此処で優しい言葉を掛けてやるべきなのは分かっている。

「もう少ししたら休憩しよう」とでも言ってやるだけで、大分気分は変わってくるのだから。

だが、彼等の置かれた状況を考えれば、それは単なる嘘にしかならない。

いや、単なる優しい嘘では済まないのだ。

此処で休息を取るというのは、文字通りの自殺行為でしかない。

そして、その事は妻も十二分に理解している。

そこまで分かっていながら告げる嘘にどんな意味があるだろうか。

（少なくとも、この辺りを無事に通り過ぎるまでは……）

今迄、彼等は逆賊となったロマーヌ子爵家の身内として、周囲から後ろ指を指されてきた訳だが、今では彼等自身が王都ピレウスから違法な手段で逃亡した罪人になっている。

既に、ローゼリア王国内では、手配書が回されている筈だ。

もし捕まれば、即刻王都へ送り返される事になる。

（もし、そうなれば……）

何しろ、ローゼリア王国に暮らす多くの民衆が、厳罰を望んでいるのだ。

そんな国民の願いを無視してまで、ロマーヌ子爵家の人間を庇おうとする人間など居る筈もない。

（それにあの悪魔の事だ……俺達は間違いなく処刑されるだろう……）

それは、男にとって太陽が東から昇(のぼ)り西に沈(しず)むのと同じくらい歴然とした事実。

実際、男やその家族にとって、御子柴亮真(みこしばりょうま)という人間は、文字通り自分達を苦しめるだけに存在している地獄(じごく)の悪魔の様な存在でしかないのだから。

（それに比べれば……多少の危険は覚悟の上だ……）

その魔(ま)の手から逃(のが)れる為には、多少の犠牲(ぎせい)や危険はやむを得ないというのが、ロマーヌ子爵家に連なる人間の総意と言えるだろう。

だが、中にはそんな一族の総意に疑問を呈(てい)する者も居るらしい。

いや、総意とは言いつつも、疑問や不安を抱えている人間が存在しない訳ではないのだ。

問題は、その疑問や不満を言葉や態度に出すか出さないかという点に尽きる。

そして、漸(ようや)く泣き止(や)んだ赤子を胸に抱きながら、妻は徐(おもむろ)に口を開いた。

「貴方(あなた)……本当にこのままタルージャへ向かうのですか？」

赤子をあやしながら口を開くまで、彼女は何度も顔を上げたり伏(ふ)せたりを繰(く)り返しながら、夫へ声を掛けるのを躊躇(ためら)っていた。

その様子から察するに、この問いかけには相当な勇気が必要だったのだろう。

声に力が無いのは、長旅の疲労だけではない。

一族の総意に疑問を呈する事への罪悪感や、恐怖(きょうふ)も含まれているのだろう。

とは言え、妻の問いかけはある意味当然だった。

何しろ、祖国であるローゼリア王国を捨て、隣国(りんごく)のタルージャ王国に暮らす縁者(えんじゃ)を頼って、再起を図ろうというのだ。

それは文字通り、子々孫々まで逆賊の誹りを受ける行為なのだから。

それは、単にロマーヌ子爵家が断絶するというだけでは済まない。

ロマーヌ子爵家という家名に対して、卑劣にして怯懦な反逆者という、拭い様のない汚名を未来永劫着せる事となる。

王都脱出の際には時間が差し迫っていた事もあり、夫と話し合いの時間すら取れず成り行きに流されてしまったものの、国境を前にしてようやく現実に心が追いついたのだろう。

だが、そんな妻の問い掛けに、手綱を握る夫はゆっくりと首を横に振った。

「お前は他に道があると思うか？」

その言葉に含まれているのは、強い意志と非難。

男にしてみれば、何を今更という気持ちがあるのだろう。

既に王都を脱出してしまった以上、おめおめと戻れる筈もない。

しかし、妻もまたそんな夫の言葉に首を横に振る。

「確かに……タルージャ王国にはロマーヌ子爵家の縁者が居りますし、私の実家であるモンドー男爵家にも縁がございます。そう言う意味では、確かに他の国へ向かうよりはマシでしょう。ですが、今の私達は国賊とも逆賊とも誹られる身の上。果たしてそんな私達を、彼の国が本当に受け入れてくれるのでしょうか？」

ローゼリア王国の貴族や上級騎士家にはタルージャ王国の貴族と、血縁関係を持つ家が幾つかある。

ロマーヌ子爵家も、その一つ。

それは、長い戦乱の歴史の中で、両国が時折矛を収め和平を推奨する時代に、融和の象徴として血縁関係を結んだ名残りだ。

勿論、それはあくまでも、数十年も昔の話。

今では、両国の交流は殆ど行われてはいない。

敵対とまではいかずとも、敵視している関係と言ったところなのだから。

しかし、貴族とは血縁関係を重視する。

国家間の交流は少なくなっていても、親族として家同士の付き合いはそれなりに維持されている。

そう言う意味から考えれば、ロマーヌ子爵家の一族郎党が縁故を頼ってタルージャ王国の縁戚を頼ろうと考えるのは自然な事と言えるだろう。

ただ、それはあくまでロマーヌ子爵家側の身勝手な思惑でしかない。

(私達を受け入れるという事は、ローゼリア王国で最高位にまで上り詰めた御子柴亮真という有力者を敵に回すという事に他ならないのだから……そこまでのリスクを背負って迄、本当に受け入れて貰えるのかしら?)

ロマーヌ子爵が投獄された直後に、こんな事態を想定してタルージャ王国の縁者に手紙を送っているのだが、その返信では喜んで受け入れるという回答は貰っている。

だが、それは所詮手紙に書かれている言葉でしかない。

タルージャ王国側がそれだけの危険(リスク)を覚悟の上で、受け入れてくれるかは正直に言って未知数だろう。

その事を理解しているのか、妻は再び躊躇いがちに口を開く。

「あの方のご提案を呑(の)むという訳にはいかなかったのですか？　確かにローマーヌ子爵家に連なる人間として口惜(くちお)しゅうございます……ですが、それでも……今からでも、あの方の御慈悲(おじひ)に縋(すが)るというのは出来ないのでしょうか？」

妻の立場からすればそれは当然の提案。

何しろ、御子柴亮真が彼等に対して求めた代償は、ローマーヌ子爵家という家名を捨て、一平民として市井(しせい)で暮らしていく事と、賠償金(ばいしょうきん)として私財の全てを国庫へ返納する事の二つだけだ。

確かに重い代償ではある。

ただ、私財の返納に関しては、今後の生活を考え、御子柴大公家で職を斡旋(あっせん)する事が条件として提示されており、一定の配慮(はいりょ)はされているのも事実。

（子爵様の所業を考えれば、我がローマーヌ子爵家の人間に対しての処遇(しょぐう)として、これはかなりの温情と言えるでしょう。少なくともローゼリア王国で生きていけるだけの計らいをしてくださっているのですから……）

ラディーネ女王が恩赦(おんしゃ)を与(あた)えたところで、国民達が抱いたローマーヌ子爵家への憎悪(ぞうお)は掻(か)き消せる訳ではないのだ。

いや、逆に大した代償も払わずにのうのうと暮らしていると思われ、更なる怒りと憎悪を向けられるのは目に見えている。

贖罪の機会を失ったという意味からすれば、逆に大きな痛手とすら言えるだろう。

だが、私財を返納し王国に対して贖罪を果たしたとなれば、状況はかなり変わってくる。

勿論、それだけで全ての罪が消える訳ではないが、適切な代価ではなくとも、その身を切って代償を支払ったとなれば、周囲の見る目も多少は緩もうというものだ。

法律的に罪が無いと判断されたからと言って、全ての責任がなくなる訳ではない。

道義的な責任というものは、常について回る。

(少なくとも、ローゼリア王国という社会で生きていく上で、その責任を回避するのは難しいでしょうね)

事ある毎に蒸し返され、後ろ指を指される事になるのは目に見えているのだ。

それを避ける選択肢は大きく分けて二つ。

一つは、権力や暴力で、そう言った批判を捻じ伏せ強引に黙らせるという道。

もう一つは、全面降伏をして相手の要求を唯々諾々と受け入れ続けるサンドバックになる事で嵐が通り過ぎる事を待つ道だ。

だが、今の彼等にはどちらの選択肢も選べない。

爵位を喪ったロマーヌ子爵家に権力などないし、暴力で威嚇し批判を黙らせるというのも現実的ではないだろう。

だが、周囲からの批判を無条件に受け入れてしまえば、その先に未来はないのだ。

(結局、何処かで妥協点を見出すしかないでしょうね)

つまり、その責任を不正に貯めた私財を返納する事で帳消しにする訳だ。

その上で、平民として生業に就いて暮らす。

(確かに、貴族階級の暮らしに慣れた人間にとって、私財の全てを王国へ差し出した上で、平民として生きるというのは苛酷だわ……多少はマシになるとはいえ、周囲からの嫌がらせも有るでしょうし……)

彼女自身、この大地世界に生まれ落ちてから今日まで、貴族階級の生活しか知らないのだ。

平民として生きるなど、想像した事すらもない。

(でも……それでも……)

反逆者として処罰されるよりはマシなのではないかと考えてしまう。

(それに、本当にタルージャ王国は私達を受け入れてくれるのかしら?)

その疑問が、彼女の脳裏から離れてくれないのだ。

そう言う諸々を考えると、御子柴亮真からの提案は決して悪くない様に思えるのだ。

少なくとも、一考するだけの価値があるだろう。

だがその問いは、夫の逆鱗に触れてしまう。

その言葉を聞いた瞬間、男の顔が朱に染まった。

「お前はあの成り上がり者に膝を折れというのか！　我が従兄妹であるマリオ殿を無残にも惨

殺し、その非を咎めんとした叔父上を追い詰め、我がロマーヌ子爵家を断絶にまで追い込んだ元凶に、お前は慈悲を乞えと？」

その剣幕に、泣き止んでいた赤子が再び火が付いたように泣き出した。

「あぁ……坊や、泣き止んで頂戴……」

夫の怒りと板挟みになりながら、妻は必死で赤子をあやす。

いや、問題は夫の怒りだけではない。

毛布の敷居で仕切られた向こう側では、同じロマーヌ子爵家の人間が体を休めている。

向こうも赤子連れの若い夫婦なのでお互い様だと我慢しているのだろうが、流石にそろそろ苦情が入りかねないのだから。

(今日に限ってどうして泣き止んでくれないの？……こんな時に、乳母が居てくれれば……)

ほんの一瞬、ずっと世話を任せていた乳母の顔が浮かんだ。

もっとも、そんな大切な乳母を、手切れ金も渡さずに解雇したのは彼女の夫。

その事を考えると、文句など言える筈もない。

それでも、妻は慣れない手つきで必死に我が子をあやし続ける。

しかし、彼女の努力は報われる事は無かった。

何故なら、左右の森の中から湧き上がった鬨の声に、彼女の言葉も赤子の泣き声もかき消されてしまったから。

突然、闇に支配されていた暗い森の中に松明が灯った。

その数は、数十では利かないだろう。

恐らく、百は優に超えている。

下手をすればそれ以上かもしれない。

その瞬間、男は馬車の手綱を引き絞る。

荷馬車が急に止まり、衝撃が荷台に乗っていた面々を襲う。

しかしそれは、咄嗟の行動としては実に正しい判断だった。

松明の仄かな灯りの中、無数の人影が蠢いていた。

「な……なんだ!? 野盗の襲撃か？」

それは、男がこの逃避行を計画する上で想定していた、二番目に悪い事態。

とは言えそれは、王国から派遣された追撃部隊に捕捉されるより、マシな結果かどうかは微妙なところだろう。

(だが、最悪ではない……野盗であれば、金で交渉が可能かも……)

野盗が情け容赦のないタイプなら、金額の交渉などせずに、男は皆殺しにした上で、女子供は奴隷商にでも売り払おうとするだろう。

それでも、中には通行税と言う名目の支払いで通行を許可してくれる場合もある。

これは、一定の拠点を決めてそこに根城を張る定住型か、荒稼ぎしたら直ぐに別の土地へと流れていく放浪型のどちらのタイプかに依る訳だが、これは実際に襲われてみなければわからない。

しかし、男の予想は外れる事になる。

それも、最も悪い形で。

男の顔面に握り拳程の大きさの石が投げつけられる。

額から赤い血が噴き出し、大地に滴り落ちる。

「貴方！」

妻の叫び声が聞こえる。

赤子を馬車の床に置き、布で傷を押さえようとする妻。

朦朧とする意識。

しかし、不思議な事に男の耳には、周囲の叫び声の内容が鮮明に聞こえていた。

「ロマーヌ子爵家の連中だ！　皆殺しにしろ！」

「娘の敵だ！　俺にやらせてくれ！　俺の娘は、ロマーヌ子爵に弄ばれて、殺されたんだ！

絶対に殺してやるぞ！」

「俺の家族は、飢え死にした！　それもこれも、馬鹿みたいに高い税金を無理やり取り立てられたからだ！」

「私の息子は、ロマーヌ子爵家の馬車の前を横切ったと言われて、切り捨てられたんだ。今日こそ、その恨みを晴らしてやる！」

「殺せ！　殺せ！　ロマーヌ子爵家の人間は根絶やしにしろ！」

その言葉の端々に満ちているのは、憎悪と怒り。そして、限りない殺意だ。

（馬鹿な……近隣の領民達が襲ってきたのか？）

勿論、領民達に自分達の存在がばれれば、こうなる事は分かっていた。

ロマーヌ子爵家の領地で暮らす人間にとっては、まさに積年の恨みを晴らす、絶好の機会なのだから。

それでも、此処を通る事を選んだのには当然、それなりの理由がある。

（何故だ？　何故……私達が此処を通ると知っている？　何故、平民が待ち伏せをしていられる？）

見通しの良い街道を避け、態々人目の少ない間道を選んで進んできたのだ。

その上、今は怪物達が支配する夜。

如何に人数が居るとはいえ、余程の確証が無ければ出来ない選択なのだ。

その時、荷馬車に向かって火矢が撃ち込まれた。

馬の嘶きと、妻の悲鳴が男の耳に木霊する。

（守らなくては……）

泣き叫ぶ赤子と、息子を強く抱き抱える妻。

そんな二人を守れるのは自分しかいないと本能的に悟っているのだろう。

しかし、男の意識はそこで途切れる。

そして、彼の意識は二度と戻らぬ永遠の闇の中へと消えていった。

その時、分厚い雲の間からほんの一瞬、青白い月が顔を出し大地を照らす。

それはまるで、死者達の安寧を祈る神の慈愛に満ちた優しい光。

そう、男は人生の最後で小さな幸運を掴んだのだ。

何故なら彼は、自らが愛した家族の末路を、その目に焼き付ける事なく、黄泉への旅路に赴く事となったのだから。


ロマーヌ子爵家の一族郎党が王都ピレウスから姿を消して半月程が過ぎた。

天には星々が煌めき、青白い満月が夜空に浮かぶ。

時刻は二十一時を過ぎたあたりだろうか。

普段であれば夕食を終え、一日の疲れを癒す為に風呂にでも入っている様な時間帯。

この電気という文明の利器を持たない大地世界に暮らす平民であれば、ベッドへ潜り込んでいてもおかしくないだろう。

しかし、若き覇王にそんな贅沢な時間を過ごす暇はなかった。

付与法術の灯りによって照らされたザルツベルグ伯爵邸の執務室で、御子柴亮真は黙々と書類に目を通して署名すると、決済箱へと放り込んでいく。

それでも、机の上に置かれた書類の山は、未だにその威容を保っていた。

いや、書類の処理自体は進んでいるのだ。

そして、その処理スピードはかなり速い。

ただ問題は、処理した端から次々と追加の書類が運び込まれてくるという点だろう。

それはまさに、賽の河原の石積にも似た苦行。

とは言え、此処で全て処理を投げ出すという選択肢は有り得ない。

それをすれば、ザルーダ王国とミスト王国という二つの国で起こった戦禍を放置する事になる。

その事を理解している以上、亮真に出来る事はただ一つ。

ひたすらに、書類の内容を確認し問題なければ署名をするという動作を繰り返すのみだ。

とは言え、やはり亮真としても不満はあるのだろう。

(まさか異世界に来て書類仕事をする羽目になるとは……まったく、何の因果で、俺はこんな事をしているんだろうな……?)

そんな疑問が胸中を過り、亮真の羽ペンを動かす手が一瞬止まった。

だが、その疑問に対する答えは既に出ている。

亮真の脳裏に、オルトメア帝国主席宮廷法術師であり、亮真をこの地獄へと召喚した元凶である、ガイエス・ウォークランドの顔が浮かぶ。

(全部、あの糞野郎の所為だな……)

そんなことを思いつつも、再び亮真の手が忙しなく動き始めた。

何しろ、一分一秒が惜しいのだ。

だが、手を動かしながらも、口からため息が零れるのは致し方のない事なのだろう。

(まさにバブル期の猛烈サラリーマンってところか……全く、とんでもない目に遭わされたぜ

……この世界に来る前は、ただの高校生だったってのになぁ）

御子柴亮真が、この地獄の様な大地世界と呼ばれる異世界へと召喚されたのは高校生の時。

それから数年が経過したが、それでも日本で暮らしていればまだ大学に通っている年齢か、就職していたとしてもまだまだ新卒といった時分だろう。

それにもかかわらず、何故か一国の命運を担う立場へと成り上がってしまったのだから。

確かに、運命の女神から寵愛を受けているのは否定出来ない。

亮真に影のように従うマルフィスト姉妹を筆頭に、【紅獅子】と呼ばれるリオネや、伊賀崎衆との出会いはまさに、僥倖としか言いようがないのだから。

とは言え、御子柴亮真という男に、為政者としての器量や能力が備わっているのもまた事実だろう。

そうでなければ、御子柴亮真がローゼリア王国という国において、国王に次ぐ高位貴族にまで成り上がることなど出来る筈もないのだから。

しかし、幾ら器量や能力が備わっているからと言って、万人がそういった責任のある地位に就きたいと思う訳でもない。

現代社会でも、出世して責任ある立場に就くよりも、平社員のまま私生活を重視した働き方を求める若者も多いのだから。

俗にいうところの、ライフワークバランスを意識した働き方とでもいうのだろうか。

そして、御子柴亮真という青年は、基本的に後者の考え方に属する人間だ。

（あの糞野郎さえいなければ、今頃は新作の映画やアニメを山ほど見れたのにな……）

映画や海外ドラマを鑑賞し、美食に興じながら酒盃を傾ける。

それは、平和な現代日本に暮らす多くの日本人にとって、それほど実現が難しいとはいえない慎ましいともいえる生活。

勿論、そんな生活を手に入れる事が出来ない人間は、日本にも存在しては居るだろう。

だが、正しい努力と多少の運で、十分に実現出来る範疇の生活でもある。

少なくともＳＮＳで多くのフォロワーを持つメジャーリーガーや映画俳優といった選ばれた人間しか実現出来ない、特殊な生活水準という訳ではないだろう。

そして、御子柴家には、それなりの財産が有り、亮真にはそれ相応の学歴と能力があった。

だから、もしガイエスによってこの大地世界に召喚されなければ、亮真はまさに自らが理想とする平穏な生活を送れた筈なのだ。

（それもこれも、今となっては儚い夢だな）

夢が現実になり、現実が夢になる。

（確かに、男として異世界に召喚されて英雄になる事を夢想した事が無いとは言わないが、現実に我が身が召喚されたとなると……な。運命の女神って奴に、色々と言いたい事が出てくるぜ）

夢は夢であれば良かったのだ。

そして、残念な事に御子柴亮真がこの悪夢から覚める事は無いだろう。

とは言え、この悪夢の原因を、全てガイエス・ウォークランドに負わせるというのも理不尽と言えば理不尽ではあるのだ。

(まぁ、爺さんの話を総合的に考えると、全部が全部あの野郎の所為とも言い切れない……か)

勿論、御子柴亮真がこの世界に召喚された切っ掛けが、ガイエスが行った召喚術の所為ではあるのは疑い様のない事実だ。

だが、祖父である御子柴浩一郎の話を聞いた限り、亮真が大地世界に召喚された根本的な原因は、単なる運命の悪戯ではないらしい。

(何しろ、俺の親父達も召喚されたって話らしいから……な)

地球の人口が八十億に届こうかという時代だ。

亮真が召喚された時点での正確な人口は不明ではあるが、数十億分の一の確率なのは間違いないだろう。

その上、浩一郎や桐生飛鳥までもが、亮真に続いてこの世界へと召喚されたのだ。

つまり、そんな天文学的ともいえる確率を、御子柴という一族は引き続けている事になる。

(まぁ、何が原因かはさておき、少なくとも単なる偶然って事だけはないだろう……な)

それに、原因が何処にあるにせよ、亮真が置かれた状況が変わる事はない。

この大地世界で映画やドラマに興じるなど夢のまた夢。

食事だって、銀座の五つ星を与えられる様なレストランで出されるような美食は難しいだろう。

鮫島菊菜の様な凄腕のシェフを雇う事が出来るかどうかは運次第だし、この大地世界では食材の鮮度や質にも限界があるのだから。

勿論、亮真自身もそういった状況を、ただ傍観している訳ではない。

将来的には小麦や林檎などの農産物や、牛や豚など畜産物の品種改良も行う予定なのだ。

それはいわば、ブランド品を作り出すという事に他ならない。

しかし、それを実現するには長い年月と試行錯誤が必要になる。

亮真の求める水準を実現するとなれば、五年掛かるか十年掛かるかといったレベルだろう。

いや、半世紀を費やしても尚、実現しない可能性すらあり得る。

（戦乱の世だからなぁ……まぁ、難しいだろうな）

戦乱の世の中では、どうしたって文化活動よりも兵器の開発や、効率的な食料の生産を重視してしまうもの。

衣食満ち足りて礼節を知るというが、文化もまた衣食が満ち足りていなければ、発展など難しいのだから。

その時、扉をノックする音が聞こえた。

だが、亮真の手は止まらない。

亮真は書類から顔を上げる事なく、来訪者に入室を許可する。

「どうぞ。入ってくれ」

本来なら、執務室の左右に待機する兵士が訪問者の名前と用件を確認して亮真へ取次をするのだが、何しろ状況が状況だ。

官僚達は、次から次に書類の束を持ち込んでくるし、軍や貴族からの面会も多い。

大公という最高位の貴族になった以上、それ相応の見栄や形式が必要なのは亮真も理解しているが、この場合、多少の簡略化は致し方の無いところだろう。

それに、このザルツベルグ伯爵邸には、伊賀崎衆の手練れが敷いた結界に加え、御子柴大公家の騎士が警備に当たっているのだ。

彼等の監視を潜り抜けて、この執務室にまで辿り着き、執務室の扉をノック出来るという段階で、誰がやってきたのかはある程度限定される。

ただ、亮真としても想定外の訪問者だったのは確からしい。

ほんの少しだが、亮真の眉間に皺が寄った。

「厳翁か……」

その声がほんの少しだが沈んでいるように感じたのは、決して厳翁の気のせいではないだろう。

この若き覇王にしては珍しい事だが、厳翁は構わず言葉を続ける。

「はい、御屋形様……お忙しいところ申し訳ございませんが、少し宜しいでしょうか？」

今の亮真はこのローゼリア王国で一番多忙な人物と言えるだろう。

何しろ、ミスト王国への援軍とザルーダ王国への援軍という二方面作戦をほぼ同時期に行うのだ。

全軍の総指揮官を拝命した御子柴亮真は、当然ながら様々な決裁事項を処理しなければならない。

文字通り、猫の手でも借りたいと言った心境だろう。

そんな男の手を止めさせてまでの報告となれば余程の大事。

そして、情報収集や謀略が主任務である伊賀崎衆の長が報告に来たとなれば、内容はおのずと限られてくる。

「例の件……かな？」

そう言いながら、亮真は深いため息をついた。

正直に言えば、あまり聞きたくない報告だ。

とは言え、厳翁に全ての結末を見届ける様にと命じたのは、御子柴亮真自身。

命じた以上は、報告を聞く義務が亮真にはある。

たとえそれが、どれ程陰惨なものであったとしても。

「はい。先ほど手の者から報告が……」

「成程……その顔から察するに、俺の予想通りの展開って訳か？」

「はい……シャーロット・ハルシオンが放った密偵達が、プロレジアやテルミス近郊に住まう旧ローマーヌ子爵領の領民達を焚きつけまして、ローマーヌ子爵家の一行を襲撃しました」

その言葉を聞いただけで、亮真は直ぐにどんな結末を迎えたか想像がついてしまった。

「一族郎党皆殺し……か」

その問いに厳翁は無言のまま頷く。

「成程な……俺の提案を蹴った時から、国外への脱出を目論んでいるというのは分かっていたが、連中が向かったのはタルージャ王国だったか……まぁ、ミストやザルーダには逃げられないだろうし、北は俺の領地だ。となれば南に逃げるしかない……か。それが危険な賭けであることは分かっていてもどうしようもなかったのだろうな」

そう小さく呟くと、亮真は椅子の背もたれに深く体を預けながら天井を見上げる。

こうなる可能性が高いと思ったからこそ、亮真は最後の機会として、彼等に私財の返還を求め平民として生きる事を提案したのだ。

(だが、彼等は自分の意志で俺の提案を拒否した……)

その段階で、亮真は彼等がこのローゼリア王国から逃げ出すであろう事が予想出来ていた。

(勿論、私財を持ったまま平民として生きていくという可能性も有るには有っただろうが、彼等に周囲からの非難や侮辱を耐え忍ぶだけの覚悟があるとは思えなかったからな)

いや、仮に覚悟があったところで、良い結果にはならないだろう。

貴族という身分を失った人間を、平民達が黙って受け入れる訳がないのだから。

そして、それを理解しているからこそ、彼等は御子柴亮真からの提案を受け入れる代わりに、国外逃亡と言う道を選んだ。

(まぁ、俺を信用出来なかったのが大きな理由の一つではあるだろうが……それだけじゃないだろうな)

確かに、ロマーヌ子爵家を追い詰めたのは御子柴亮真その人である以上、突然手のひらを返したかの様な懐柔策を提示されたところで信じられないのも無理はない。

しかし、彼等が亮真の提案を蹴った本当の理由は、単に御子柴亮真という男に対しての信用だけが問題ではないのだ。

ロマーヌ子爵家の一族郎党が亮真の提案を蹴った本質的な理由。

それは、名門と呼ばれたロマーヌ子爵家の人間が、どこの馬の骨とも知れない成り上がり者の風下につく事への反発心や怒りだろう。

(貴族としての誇りって奴かね……分からなくはないが、それで家が滅んでしまったら意味がないだろうに)

その結果が、この悲劇的な結末。

「それにしても、旧ロマーヌ子爵領を通り抜けようだなんて、随分と無謀な真似をしたもんだ……自分達が領民達に慕われているとでも思っていたのかね?」

「恐らくですが……王都からの追跡を振り切るには、土地勘が有る方が有利と考えたのでしょう。それに、距離的にも最短経路ですし」

「成程……ね。まぁ少しでも早くザルーダへ向かおうとすれば、土地勘がある方が有利ではある……か」

確かに、犯罪者が逃走を企てる際に、逃走先には大都会の他に、土地勘のある場所を選ぶ事が多いらしい。

（まぁ、確かに全く分からない見知らぬ土地へ逃げるというのは、心理的にハードルが高いだろうからな……連中の気持ちも分からなくもない……とは言え、俺がガイエスを殺して帝都オルトメアを脱出した時とは状況が違いすぎる……）

亮真が帝都オルトメアを脱出した際に選んだ道順は、国境への最短経路。

しかし、それはあくまでも御子柴亮真という男が、その時の限られた情報と切迫した状況下で選んだ答えでしかない。

この大地世界に召喚された直後であり、大した予備知識もない状態では、地図上の距離が逃走経路を選ぶ上で最も重要だっただけの事であり、最短経路が必ずしも正解とは限らないのだ。

少なくとも、亮真の視点から見た時、ロマーヌ子爵家一行が選んだ行程は、無謀以外の何物でもない。

西方大陸南部に逃げるというのは致し方ないにせよ、態々旧ロマーヌ子爵家の領地を通る必要はないのだから。

（土地勘があるのであれば、近隣の貴族領を通るという手もあった筈だからな）

勿論、彼の地の領主が彼等を黙って通してくれるとは限らないが、怒りに燃える領民達の矛先は躱す事が出来るだろう。

それに、もし襲撃を受けたとしても近隣の領主が相手であれば交渉も可能かもしれないが、相手が旧ロマーヌ領の領民達となれば、その可能性は皆無と言っていい。

（何しろ、領民達のロマーヌ子爵家への恨みは相当なものがあったという話だからな）

旧ロマーヌ子爵領の統治がかなり厳しく容赦のないものだった事は、伊賀崎衆やゼレーフ伯爵から齎された報告によって既に判明している。

重税を課し、支払えなければ容赦なく奴隷商人へ売り払うと言った具合だ。

しかも、凶作で飢饉に見舞われそうなときも、容赦なく課税を行ったらしい。

それに加えて、マリオ・ロマーヌの王都での所業を考えれば、旧ロマーヌ子爵領の領民達が、どの様な仕打ちを受けてきたのかは言うまでもないだろう。

そんな苛政に長年晒されてきた領民達にとって、ロマーヌ子爵家は文字通り、親の敵であり、子の敵であり、妻の敵だ。

(先祖代々の恨みが積もり積もっているだろうからな……)

それでも、ロマーヌ子爵家の領地で反乱が起きなかったのは、騎士という名の軍事力と、子爵位という公的な身分に依る部分が大きいのだろう。

逆に、その二つを喪えば、領民達は従順さをかなぐり捨て、容赦なく牙を剥く。

(その敵が自分達の目の前を通るとなれば、黙って指を加えている訳もない……無関係な人間は復讐を悪だと簡単に断罪するだろうが、当事者にしてみれば当然の行動だろうな)

その恨みを晴らす機会が巡ってきたとなれば、領民達が武器を手にして襲い掛かるというのは当然の結果でしかない。

(たとえそれが、第三者の仕組んだ策謀の結果だとしても、彼等は気にしないだろう)

いや、逆に復讐の機会を与えてくれたと感謝すらするかもしれない。

「自分の手を汚す事なく邪魔者を排除するには良い手だな……俺も、選択肢の一つとしては考えていたし……」

「はい……それは当然のご判断かと」

此処で貴族達に甘い対応を見せると、御子柴亮真に対して平民達が抱き始めた改革者や英雄という幻想に傷が付いてしまう。

だが、亮真自身の手でロマーヌ子爵家の一族郎党を根絶やしにするというのも、少しばかり外聞が悪い。

少なくとも、現時点では明らかに悪手だ。

それを避けつつ、事態を治める手段としては実に有効だと言えるだろう。

「だがまぁ……あまり使いたい手段でもない……個人的にはあまり好きじゃないって言うのが本音だし……な」

その呟きに、厳翁は無言のまま頷く。

謀略や権謀術策は決して悪でもないし、卑しい行為でもない。

自分と仲間の安全を効率よく確保し、利益を手にする真っ当な方法。

勿論、倫理的な観点からすれば、決して誇れる行いではないだろうが、為政者としての立場から考えれば、出来て当たり前の手段でしかない。

実際、戦国時代、山陰山陽地方十一ヶ国を支配するまでになった【謀聖】尼子経久などは、その謀略の才を以て、浪人の身分から覇者にまで成り上がったとされている。

（その尼子氏を亡ぼした毛利元就も、謀に長けた武将として名高いからな）

弱者が戦力差をひっくり返す手段として強者に対して謀略を仕掛けるのは極めて当然の事。

しかし、あまり謀略を多用すると、だんだんとその内容が陰惨なものになっていくのも確かだろう。

尼子経久や毛利元就と同じく、戦国時代の謀将として名高い宇喜多直家などは、戦国時代を代表する梟雄としても名高いが、その所業から家臣は疎か、異母兄弟達からも恐れられたと伝えられている。

異母弟である宇喜多忠家などは、兄である直家の前に出る時には暗殺を恐れて鎖帷子を着込んでいたという話もあるくらいだ。

如何に当時が骨肉相食む戦国乱世であったとは言え、血を分けた弟にそこまで警戒されたというのも随分な話と言える。

勿論、亮真もその伝え聞く所業の全てが事実だなどとは思っていないが、火の無いところに煙は立たないのと同じで、全く理由もなくそんな歴史が作られる筈もないのだ。

少なくとも、宇喜多直家という武将が、勝つ為には手段を択ばない性格だろう事は容易に想像が出来るだろう。

（まぁ、人を陥れる事を意識するあまり、人格が歪むのだろうな）

実際、亮真自身にも身に覚えが無い訳ではないのだ。

だからこそ、謀略に長けた人間は自らを戒めなければならない。

そして、周囲からの視線に注意を払うべきなのだ。

「まぁ、済んだ事は仕方がないか……」

冷たい様だが、自分が差し伸べた手を振り払った連中の末路を、何時までも慮ってばかりはいられないのだ。

御子柴亮真には、彼を信じ付き従う多くの仲間と部下達が存在しているのだから。

だから亮真は、厳翁に命じていた、もう一つの確認結果に関して問い掛けた。

それはある意味、ローマーヌ子爵家の末路よりも遥かに重要な問い掛け。

何しろ、今後の御子柴大公家とローゼリア王国の諜報活動を左右するようなものなのだから。

「それで、厳翁から見て、この国の貴族達が保有する密偵達の腕の程はどうだったんだ？　シャーロット達の話では、各家の腕利きを集めたという話だったが？」

その問いに、厳翁は小さく頷くと徐に口を開いた。

「戦闘という意味で言えば、我が伊賀崎衆の敵ではございません。確かに全体的に腕は悪くない様ですし、手練れも何人か居る様ですが、忍びの技を技術体系として確立していないのでしょう。個人個人の技量にばらつきが大きいというのが正直な所です……ただ、それを差し引いても使いどころさえ考えれば十分に御屋形様のお力になれるかと存じます」

その言葉を聞き、亮真は厳翁が何を伝えたいのか直ぐに察する。

「成程……今回の様に、流言や情報収集といった仕事に徹すれば良いという訳か」

「はい……我らもそういった仕事が不得手という訳ではありませんが、西方大陸の現地人が行う方が、人目につきにくいのは確かですから……」

「そう言うって事は、各家の情報連携にも問題は無かったって事だな？」

「はい、当初懸念していた様な、抜け駆けは見受けられませんでした。余程きつく釘を刺されていたのでしょう。即席の連携であるという点を考慮すれば、十分に見事な共演だったかと」

勿論、厳翁の目から見て、完璧な連携とは言えなかったのは事実だ。

しかし、それはそれぞれが独立した貴族家に召し抱えられている密偵である以上致し方のない事。

何しろ、情報伝達の方法はもとより、どの家がどの役割を担うかも、急遽取り決められたのだから。

しかも、彼等は本来、各々が独立した集団。

その上、今でこそ主家同士が共闘関係を結んだとは言え、元々は利害関係を持つ存在。

敵とまではいかなくとも、到底友好だったとは言えないのだ。

そんな彼らが、多少のぎこちなさがあったとはいえ、シャーロット達が書き下ろした演目を、十全に演じきったという事実は評価されて然るべきだろう。

それはまさに、裏の仕事を担う影達の共演。

そして、そんな厳翁の評価を聞き、亮真は満足げに頷いた。

（そうか……それなら、国内の諜報活動は、シャーロット達に任せられそうだな……何しろ伊賀崎衆が優秀なのは間違いないが、だからと言って何でもかんでも任せる訳にはいかないからな……)

今の御子柴大公家はウォルテニア半島の他に、ザルツベルグ伯爵家と北部十家が保有していた土地が正式な領地として割譲されている。

その広さは既に一領主が保有する規模を超え、一国と言っても過言ではない広大な物だ。

その領地の防諜や他国への工作活動だけで、伊賀崎衆の人員はギリギリの状態と言っていいだろう。

何しろ、南部諸王国を構成する国々よりも広いくらいなのだから。

その上、ラディーネ女王に協力する事を決めた以上、亮真はローゼリア王国内の諜報にも無関係ではいられない。

正直に言えば、適任者が居るなら任せてしまいたいというのが本音だが、今のローゼリア王国はまさに人材難の真っ最中。

マクマスター子爵は宰相としてラディーネ女王の補佐をしつつ国政を担い、エレナ・シュタイナーは軍部の掌握にてんてこ舞いの有様なのだ。

勿論、ラディーネ女王に恭順を誓った貴族達は今でも健在であり、事ある毎に活躍の機会を求めてはいるが、だからと言って無能な人間や、後背の定かならぬ人間に諜報活動を任せる事など出来る筈もない。

そうなると、適任者が見つかるまでは亮真が自分で見るのが最も確実という事になる訳だが、それも今回の援軍派遣の所為で、状況が一変してしまった。

（まぁ、厳翁達なら何とかしてしまいそうではあるが、それはそれで伊賀崎衆の負荷が高くなり過ぎるし、想定外の事態が起こった時に、伊賀崎衆だけでは対処しきれない可能性があるからな）

ザルーダ王国とミスト王国という二つの隣国への援軍に従軍しながら、御子柴大公領の防諜を行いつつ、ローゼリア王国内の諜報活動まで担うというのは、如何に伊賀崎衆が優秀であるとはいえ無理がある。

それに、平時は何とか対処出来たとしても、緊急時に対処出来るかは別の話なのだ。

（それこそ伊賀崎衆に無理をさせた結果、緊急時の対応が出来ませんでしたじゃ、洒落にならない）

もし万が一にもそんな事態が起これば、御子柴大公家は大きな痛手を受ける事になるだろう。

いや、痛手で済めば御の字だ。

特に、亮真自身が本拠地であるセイリオスの街から離れている状況でそんな事態に陥れば、下手をすると御子柴大公家自体が潰れる可能性だって考えられる。

（流石に、そんなリスクは冒せない……）

そして、この問題を解決する上で最も有効な手は、人員を増やす事に尽きる。

とは言え、これは何も諜報活動に限った話ではないのだ。

これが、現代社会における会社の業務でも、この大地世界における一国の運営でも、基本的な考え方は変わらない。

大切なのは人員を増やす事で、余裕を確保する事の意味を理解しているかどうかという点に尽きるのだ。

（まぁ、余剰人員が増え過ぎるというのも問題だし、ただ頭数を増やせばいいというわけではないのは事実だが……ね）

人手が足りなければ現場は疲弊してしまうし、余剰人員を保持し過ぎれば組織の運営に支障をきたす事になる。

また、単に頭数を確保すれば良いという訳ではない。

必要な技術や能力を持たない人間を増やしたところで意味がないのだ。

とは言え、幾ら選別したところで、適切な人材が見つかるという保障もないのが現実。

そうなると、方法は二つ。

適任とは言えない人材でも確保して教育するか、組織全体の配置を入れ替えて対応するかのどちらかという事になる。

此処のバランスを取る事こそが、組織を運営する上での肝であり、社長や専務と言った組織の舵取りを担う存在の腕の見せ所と言えるだろう。

そして、どうやらシャーロット達が召し抱えている密偵達は、厳翁の厳しい審査に合格出来る程度には優秀らしい。

（なら、ローゼリア王国内の諜報活動に関しては彼等に任せるべきだな）

それならば、ローゼリア王国全体の諜報活動を行うよりも、伊賀崎衆の負担は遥かに軽減される。

（まぁ、シャーロット達の動向を伊賀崎衆に監視させれば、何とかなる……か）

勿論、シャーロット達を完璧に信頼出来るかというと、微妙なところではあるだろう。

確かに、彼女達は御子柴亮真に恭順し、協力を申し出た。

そしてその決断が、彼女達自身とその実家が今後生き残っていく上で、最善の道なのは間違いない。

それが分かっているからこそ、彼女達は各家が抱える選りすぐりの密偵達で連合を組み、その力と有効性を証明したのだから。

だが、それはあくまで、御子柴亮真という男が、このローゼリア王国の実質的な最高権力者として君臨しているという事実を鑑みての事。

もし仮に、御子柴亮真が今後、何らかの形で窮地に追い込まれた時、彼女達が裏切らないという保証はないのだ。

少なくとも、現段階で両者が一蓮托生の間柄と決めて掛かるのは難しいだろう。

とは言え、そこはある程度割り切って任せるしかない。

「厳翁……悪いが早急にザルーダとミストに人員を派遣してくれ。特にミスト王国側の状況を詳しく調べて欲しい。何しろ事前情報が少なすぎるからな」

その言葉に厳翁は小さく頷く。

亮真の命令から、主君が何を求めているのか敏感に察したのだろう。

その目には、冷たい刃の様な光が宿っている。

「畏まりました……それでは、ご令嬢方の身辺にも目を光らせておきましょう」

「あぁ。色々と面倒を掛けるがよろしく頼む」

「お任せください……では、ローゼリア国内の監視に関しては早急にご令嬢方へ引継ぎを行いたいと思いますので、今日のところはこれで失礼致します」

厳翁は深々と頭を下げると、すぐさま踵を返して部屋を後にする。

その後ろ姿を見ながら、亮真は深いため息をつくと、再び羽ペンを手に取り、中断していた確認作業を再開した。

この地味で退屈な仕事こそが、これから始まる新たな戦の趨勢を左右すると確信していたからだろう。

その時、執務室の中に女の嘆き声の様な音が響き渡る。

それは、亮真が腰かけている椅子のすぐ横に立てかけられた一本の刀から発せられていた。

その音はまるで、早く自分に血を吸わせろと要求しているかの様だ。

そんな愛刀の求めに亮真は苦笑いを浮かべる。

(まぁ、こいつを抜く機会なんて早々無いからな)

この妖刀を最後に抜いたのは、先日行われた王都攻城戦で王城へ潜入した際に、エレナやミハイルと戦った時だ。

しかし、敵の生気を吸い取り自らと主人を強化する鬼哭にとって最高の獲物であるエレナ・

シュナイダーとの闘いは、ミハイルの乱入もあり水入りとなっている。

勿論、ミハイル・バナーシュは亮真の手で討ち取られたので、その生気は鬼哭に吸収されていた。

勿論、ミハイルはローゼリア王国一の剣の使い手として名を馳せた程の武人だ。

指揮官や為政者としての才覚には恵まれなかったのは事実だが、その戦士としての技量は並々ならぬものを持っている。

その為、ミハイルの生気の質や量は決して悪くない。

とは言え、流石に軍神と謳われるエレナと比べると、質は数段劣ってしまう上に、血を自らの刃で直接吸えなかったので、鬼哭としては大いに不満なのだろう。

(鬼哭にしてみれば、メインディッシュはお預けを食らい、いざ最後のデザートを口にしたら期待外れだったようなものか)

そして今、伊賀崎衆の初代が作り上げたという妖刀は、新たな戦の匂いを嗅ぎ付け、主に早く血を吸わせろと催促している。

今の鬼哭の心理を言葉にすると、極上の獲物を前にお預けを命じられた犬の様なものなのだろう。

そんな妖刀に対して、亮真は優しく鞘を撫でると、恋人に睦言を囁く様に宥めてやる。

「鬼哭、もう少し我慢しろ……直ぐに、お前の力が必要になるから……な」

そんな主の囁きを聞き、鬼哭は嘆くのを止めた。

　そして、御子柴亮真が厳翁からローマーヌ子爵家の顛末を聞いて五日後、遂に王都ピレウスから総勢五千の兵が進軍を始めた。

　西方大陸中央部の覇者であるオルトメア帝国の侵略から、再びザルーダ王国を守る為に。

第二章　紅獅子の咆哮

「第一軍、出るぞ！」

黒い甲冑でその巨体を包み込んだロベルト・ベルトランが愛用の戦斧を頭上に高々と掲げた。

号令を下すロベルトの姿は、歴戦の勇者にして、まさに戦神の化身。

そんなロベルトの姿に、兵士達は自らの勝利を感じていた。

ロベルトの声に呼応して、兵士達が鬨の声を上げる。

「うぉおおおおお！　ロベルト様！」

「御子柴大公家に勝利を！」

「オルトメアの犬共を血祭りにしてやれ！」

怒号と歓声が大地に木霊する中、王都ピレウスの郊外に集結していたザルーダ遠征軍が、砂塵を巻き上げながら、行軍を開始する。

太陽は中天に差し掛かった頃だろう。

角笛が吹き鳴らされ、銅鑼がけたたましい音を響かせる。

先陣を任されたロベルトが率いる第一軍は騎兵一千。

その次には、【双刃】の片割れであるシグニス・ガルベイラ率いる第二軍の騎兵一千が待機していた。

そして、その後にはウォルテニア半島に生息する怪物達の皮や鱗等から作った特別製の鎧を身に着けた歩兵三千が続く。

騎兵二千に歩兵が三千。

中々にバランスの取れた編制と言えるだろう。

総勢五千名の武法術を会得したザルーダ遠征軍の兵士達が、街道を西に向かって遂に進み始めたのだ。

彼等は皆、御子柴大公家が手塩にかけた精兵達。

その頭上に翻るのは、御子柴大公家の紋章である、剣に巻き付いた金と銀の鱗を持つ双頭の蛇。

その双頭の蛇の赤い目が、敵を威嚇するかの様に見えるのも、決して気の所為ではないだろう。

それは恐らく、この軍勢を構成する兵士一人一人から発せられる戦意と覇気が、見る者にそんな印象を抱かせるのだ。

何しろ、彼等はその一人一人が武法術を会得した騎士でありながら、武人としての修練を積み重ねた戦士であると同時に、集団としての連携にも長けた兵士達だ。

その上、そんな兵士達の体を包むのは、ウォルテニア半島に隠れ住んできた黒エルフ族が誇る手練れの付与法術師達が丹精込めて術式を施した革鎧。

その戦闘力は、並の騎士の数倍にも及ぶだろう。

そんな勇壮な兵士達が目の前を横切っていく姿を馬上から満足げに眺めているのは、遠征軍の総指揮官であり、歩兵部隊を率いる【紅獅子】のリオネ。

そんなリオネの美しい顔に浮かんでいるのは、紅獅子という異名に相応しい獰猛な笑みだ。

「実に壮観だねぇ……まるで将軍様にでもなった気分だよ」

元は傭兵団の団長でしかなかったリオネだが、御子柴亮真という男と出会ってから、運命が一変してしまったらしい。

何しろ、数十人規模の傭兵団の団長が、今では五千もの兵士を率いる立場となったのだ。

戦を生業とする武人としては、感慨深いものがあるのだろう。

とは言え、今のリオネには、そんな感傷に何時までも浸っている事は出来ないのだ。

リオネの采配一つで、ザルーダ遠征軍に参加する全ての将兵の命が左右されるのだから。

(しかし……よくもまぁ、アタイみたいな女に全軍の指揮を任せたもんだよ……)

勿論、リオネは自分の力量に不安を抱いている訳ではない。

傭兵団【紅獅子】を率いていた事から、その卓越した指揮能力は、幾度となく雇い主に勝利を齎したのだから。

実際、彼女の能力を買って、仕官しないかと声を掛けてきた貴族家も多い。

また、ギルドの傭兵ランキングでもAランクを与えられるなど、周囲の評価は高かったのだ。

だが、幾ら能力があっても、この大地世界ではそれだけで認められるという訳ではない。

何しろ総数五千を誇る、ザルーダ遠征軍の総指揮官なのだ。

通常、一個騎士団が二千五百名で編制されることを考えると、遠征軍の総指揮官は騎士団の団長以上の権限を持つ事に等しい。

そんな重要な役目を、元は一介の平民でしかないリオネに任せるというのは、かなり大胆な決断と言える。

(それに、あの二人も居る事だしねぇ……)

今回、リオネの指揮下には、御子柴大公家の最大戦力とも目される、【双刃】こと、ロベルト・ベルトランとシグニス・ガルベイラの二人が編制されているのだ。

身分や能力的な事を考えた時、ロベルトとシグニスのどちらかに総指揮官を命じても不思議ではないだろう。

いや、恐らく二人のどちらかに命じるのが自然と言える。

それにもかかわらず、実際に総指揮官を命じられたのは【紅獅子】のリオネ。

(まぁ、確かにあの脳筋よりは、アタイの方が部隊の指揮能力に長けているだろうけれどもねぇ……)

勿論、リオネが思うほどロベルト・ベルトランとシグニス・ガルベイラの二人は、脳筋などではない。

いや、リオネ自身も本気でロベルト達を脳筋だなどと侮っている訳ではないのだ。

何しろ、二人が御子柴亮真に仕える様になって以来、リオネは彼等とそれなりの戦歴を共に潜り抜けている。

その経験から、ロベルト達が卓越した戦士であると共に、指揮官としても有能である事を十分に理解していた。

（防衛戦ならアタイの指揮の方が上手だろうけれど、攻勢に出るとなると……二人が敵陣に切り込む突破力は確かに脅威なのは間違いない。でも、それ以上に怖いのは敵軍の急所を見抜く観察眼だろうねぇ……）

二人は確かに卓越した戦士であり、その武力は御子柴大公家でも最強と目される程の手練れだが、部隊指揮官としても極めて有能なのだ。

そして、天性の狩人ともいうべき嗅覚を持ち合わせている。

それは、戦場に満ちる勝機を掴む為に必要な才能。

少なくとも、嘗てルピス王女を裏切ったケイル・イルーニアを戦場で目にしたからという理由で、偵察任務を放り出して敵軍に突撃した挙句、結果的に捕虜となったミハイル・バナーシュの様な直情型の人間でない事だけは確かだ。

（その上、二人は男爵位を持つ御貴族様だからねぇ……）

そんな二人を差し置いて、リオネが遠征軍の総指揮官を任されたという事は、御子柴亮真という男が、ベルトラン男爵家とガルベイラ男爵家という貴族家の当主である二人よりも、【紅獅子】のリオネを重く見ているという事を示唆している。

勿論、誰を遠征軍の総指揮官に任じるか、その任命権を持つのはラディーネ・ローゼリアヌスより全権を託された御子柴亮真のみ。

御子柴亮真が是と言えば、それが全てだ。

だが、やはり身分を重視するこの大地世界の常識的には、極めて異例な判断と言えるのも事実だろう。

（まぁ、あの二人を存分に働かせるなら、この編制が最適なのは確かだろうけれどもねぇ）

攻勢に強いロベルトとシグニス。

この二人の力を存分に発揮させるには、彼等自身が最前線に出て自由に軍を指揮する必要がある。

そして、そんな【双刃】を守勢に長けたリオネが後方から支えるという訳だ。

それは、戦術的に正しい編制と言えるだろうし、多少でも兵法を齧った人間であれば誰もが自然と思いつく最適解だろう。

とは言え、人は時に感情的な理由から最善を選ばない事が有る。

ましてや、リオネは男勝りではあるものの妙齢の女性である事に間違いはない。

そして、男尊女卑の傾向が強い大地世界では、女性であるというだけで一段下に見られやすいという事実は否定出来ないだろう。

古くさい価値観と言ってしまえばそれまでだが、そういった因習に固執したがる男は多いのだ。

（まぁ、あの軍神と謳われるエレナ・シュタイナー程の人間ですら、男が女に対して抱く、やっかみや反感という呪縛からは逃れられなかった訳だしねぇ……）

ましてや、伝統や格式を重んじる貴族社会にしてみれば、平民出身の女性に軍を任せようとは考えないのが普通だ。

そういう諸々を考えた時、リオネを遠征軍の総指揮官に任命したというのは、かなりの英断と言える。

少なくとも、その決断を下せる人間は西方大陸全土を見回しても御子柴亮真という男ただ一人だろう。

とは言え、その英断に万人が賞賛の声を上げる訳でもない。

いや、どちらかと言えば批判や反発の声の方が大きいかもしれない。

そして、そんな事を口にする空気の読めない人間と言えば、この国の貴族達と相場が決まっている。

（出兵しないなら、誰が遠征軍を指揮しようと関係ないだろうに、ぎゃぁぎゃぁ喚く連中も居るからねぇ……まぁ、この国の御貴族らしいっちゃらしいけれど、相手をするのにもいい加減うんざりしてくるよ）

何しろ、今回の遠征軍は御子柴大公家が保有する兵力のみで編制される事が決まっているのだ。

それは、ザルーダ王国へ派遣される遠征軍も、ミスト王国へ派遣される遠征軍も同じ事。

（坊やとしては、下手に練度の低い兵士を交ぜるよりも、御子柴大公家の精兵のみで編制する方が良いと判断したんだろうねぇ……それに、ラディーネ女王の新たな統治が始まったこの段階で、貴族達の軍を動かすのは難しいだろうしね）

当然、出征を命じられない貴族達にとって、誰がザルーダ遠征の総指揮官を務めようと関係は無い筈だ。

だが、それにもかかわらず、貴族達はリオネが総指揮官に任じられた事に対して、不満を口にする。

勿論、貴族達に亮真を表立って侮辱したり、反抗したりする度胸は無い。

だからこそ、こういった貴族社会の常識に反するという名目で、遠回しに亮真を叩こうとするのだろう。

貴族達は常に、御子柴亮真の足を引っ張り、攻撃するネタを探し求めている。

それが今回は、平民出身でありながら遠征軍の総指揮官に任じられたリオネだったというだけの事だ。

（とは言え、こんな事なら坊やが大公様になった時に、アタイも陛下にお願いして貴族様にして貰っておけば良かったかねぇ？）

別に、リオネは貴族になりたいと思っている訳ではない。

貴族になったところで、何も変わらないと思っている。

傭兵から騎士になった際にも、大して感動などしなかったというのが正直な気持ちなのだ。

だからこそ、亮真が大公位を与えられた際に、一緒に貴族に叙勲させようという話を断ったのだろう。

それに加えて、一時的であるとしても、主君が御子柴亮真からラディーネ女王に変わってしまうという点をリオネが拒んだというのも大きな理由だ。

(ただまぁ、何れはアタイも御貴族様の仲間入りをする羽目になりそうだけれども……ねぇ)

勿論、リオネが望めば御子柴亮真は喜んで男爵や子爵位を与えるだろう。

事と次第によっては、伯爵の位だって考えられる。

今のリオネが貴族ではなく御子柴大公家に仕える騎士という身分で収まっている理由はハッキリしている。

リオネ自身が貴族になる事に対して、それほど執着を持っていないという点と、次々と急変する対応に追われて、叙勲を受ける時間が取れないという点に尽きるだろう。

(坊や自身、大公様になったっていうのに、未だに叙勲式を行っていないからねぇ)

何しろ御子柴亮真という男は、このローゼリア王国に於ける貴族の最高位にまで上り詰めた存在なのだから。

国民に広く布告されたとはいえ、本来であれば盛大な式典が催されるべきなのは当然と言えるだろう。

だが、今の状況で、そんな式典を催す事など出来る訳もない。

そんな余裕があるのなら、亮真は来るべき戦を有利に進める為の準備に、少しでも時間を取りたいと考えるだろう。

そして実際、全ての準備を終えた上で、亮真はリオネに命じたのだ。

遠征軍を率いて、ザルーダ王国の救援に赴いてほしいと。

(まったく……無茶ばかり言ってくれるよ)

勿論、その命令が命懸けの危険な任務である事は、リオネも十分に理解していた。

何しろ、敵は西方大陸中央部の覇者であるオルトメア帝国。

その総数は、二十万とも三十万とも言われる大軍だ。

それに引き換え、攻め込まれたザルーダ王国は、国王であるユリアヌスが原因不明の病に倒れ、軍の指揮も取れないような状態なのだ。

そんな中、五千ばかりの軍をザルーダ王国へ派遣したところで焼け石に水。

ミスト王国で勃発した戦を終結させ、御子柴亮真が率いる本体がザルーダ王国の援軍に向かう為の時間を稼げと言うのは、無茶も良いところだ。

それは文字通り、「死んで来い」と命じるのに等しいかもしれない。

だが、玉砕覚悟の時間稼ぎならば、これほど念入りな作戦の立案も、膨大ともいえる物資の調達も不要だろう。

(つまり、坊やには勝算があるって事さ……あの時の様にねぇ)

そして、【紅獅子】のリオネなら、その危険な仕事を果たせると信じている事になる。

だからこそ、それほどの危険な任務を亮真から命じられたという事実が、リオネの心を燃え上がらせ高揚させるのだ。

それはまさに、リオネという女を信頼しているという何よりの証なのだから。

（あの顔……坊やのあんな顔を見せられたら、何とかしてやるしかないじゃないのさ……でも、何処まで計算しているのかまでは分からないけど……本当に、あの坊やは人を誑し込むのが上手いねぇ）

その時、亮真の神妙な表情が脳裏を過り、リオネは手で顔を覆いながら笑みをかみ殺す。

そんなリオネに対して、背後から男の声が掛けられた。

「随分と楽しそうですね。姐さん。こっちは、物資の確認やら、各部隊が街道を行軍する順番を調整するのに、てんてこ舞いだって言うのに……姐さんは遠征軍の総指揮官なんですから、少しは手伝ってくださっても罰は当たらないと思いますけど……ねぇ」

その言葉に、リオネは肩越しに背後を振り返る。

その目に映るのは、左腕を肩の付け根あたりから失った隻腕の男。

男の名はボルツ。

嘗ては傭兵団【紅獅子】の副団長にして、リオネの補佐役を務めてきた歴戦の傭兵であり、時に暴走気味な決断を下す年下の女団長の手綱を握る女房役を務めた苦労人だ。

そんなボルツは今、苦虫を噛み潰したかのような表情を浮かべながら、リオネに鋭い視線を向けていた。

元々、柔和な顔付をしている訳ではないが、今のボルツは鬼もかくやと言わんばかりの形相。

リオネが物資の補給や輸送の手配と言った裏方と言われる仕事を、副官であるボルツに丸投げするのは何時もの事なのだが、一介の傭兵団が必要とする物資と、五千もの兵数を誇る軍団規模では、その管理の煩雑さは比べ物にならないのだろう。

普段は諦め気味で仕事をするボルツも、流石に今回ばかりは大分お冠らしい。

しかし、そんなボルツに対してリオネは悪びれる事なく言い放つ。

そして、唇を吊り上げて嗤った。

「嫌だね……そいつはアタイの副官である、ボルツの仕事だろ？　こっちは軍の指揮で忙しいんだから、そっちはそっちで。アンタの良い様に計らってくれれば良いんだよ」

馬上で睨み合う二人。

それはまるで、悪戯を成功させた小悪魔の様な笑み。

そんなリオネに対して、ボルツは深いため息を零すと肩を落とした。

そして、幾分恨みがましい視線をリオネに向ける。

「全く……姐さんは変わりませんねぇ……俺は若に命じられた仕事を達成出来るか考えるだけで、胃が痛くて堪らないって言うのに……」

だが、そんなボルツをリオネは鼻で笑った。

「何言ってんだい……昔はもっとやばい仕事ばかりだったじゃないか？　碌な装備もなく、信頼出来るのはうちの連中だけなんて、しょっちゅうだっただろうに……それに比べれば、オルトメアの大軍を相手にするって言ったって、別に何が何でも勝てって話じゃないんだ。状況次第では、戦線の縮小も許可されてるんだからさ」

そう言うと、リオネはボルツに向かって、畳みかける様に言葉を続けた。

「しかも味方の兵士はうちらが徹底的に鍛え上げた精兵揃いの上、それを率いる部隊長クラスも腕利きが揃ってる。食料や武具などの物資は、シモーヌが調達してくれたおかげでかなり余裕がある訳だし……そう考えれば大分マシだろう？」

そんなリオネの言葉に、ボルツは肩を竦めて小さく頷く。

「まぁ、確かにあの頃よりはマシ……ですかねぇ。若は勝算のない戦はされない方ですし、準備を怠りませんからね」

「そうさ……それが分かっているなら、文句を言うんじゃないよ。それに、あの二人をこっちに付けたって事は、本気でオルトメアを相手に戦をして、勝つつもりだって事だろうからねぇ」

そう言ってリオネは丁度行軍を開始した、第二軍に視線を向ける。

その視線の先には、鉄棍を手にしたシグニス・ガルベイラの姿があった。

「【双刃】のお二人ですか……確かに、あの二人と姐さんが組めば、時間を稼ぐ事は可能でしょうね。ザルーダ王国側の状況次第ですが、勝てない事もないですか……ね？」

「向こうに行けば、ジョシュアの奴も居るからねぇ」

その言葉に、ボルツは小さく首を傾げる。

「ベルハレス将軍の息子さんでしたっけ？　確か前回のオルトメアとの戦の後は【鷹】と異名を取るようになったと聞きましたが……そういえば以前は親に似ないごく潰しって噂されてた様ですね……まぁ、鳶が鷹を生む訳ないのと同じで、鷹から鳶が生まれる筈もないですか」

先のオルトメア帝国によるザルーダ侵略の際、ボルツはウォルテニア半島の開発の為に遠征軍に加わらなかったので、ジョシュアと直接の面識はない。

だが、ジョシュア・ベルハレスとリオネ達が、オルトメア帝国の補給部隊に襲撃を掛け、敵軍の侵攻を遅らせたのは聞き知っている。

「そりゃそうだよ。実際、うちの坊やのところを見れば一目瞭然さね」

「確かに……正直に言って若は化け物という言葉がぴったりな方ですが、その祖父である浩一郎様もそれに輪を掛けた方ですからね」

「まぁ、そういう事さ。何しろ、あのシグニス・ガルベイラを赤子の手を捻るかの様に、容易く打ち負かして見せたからねぇ」

そう言うと、リオネは楽し気に笑う。

御子柴大公家には、主君である亮真を筆頭に、卓越した武力を持つ人間が幾人か存在している。

まず、名前が挙がるのは【双刃】と呼ばれるロベルト・ベルトランとシグニス・ガルベイラの二人だろう。

だが、その他にも御子柴亮真に影の様に仕える、ローラとサーラのマルフィスト姉妹はもとより、黒エルフ族の族長であり、嘗て亜人種と人間達の間で起こった聖戦では【狂鬼】と謳われるほどの戦士であるネルシオスや、その娘であるディルフィーナなどの名前が挙がる筈だ。

その上、最近では槍を持たせればローゼリア王国一とも目されるクリス・モーガンや、武人として名高いレナード・オルグレン子爵などの手練れも、御子柴大公家の配下に加わっているのだ。

そんな彼等に比肩し得る武人は、西方大陸全土は疎か、大地世界全てを見回してもそうは見つからない。

しかし、そんな御子柴大公家に仕える怪物達と比較しても、亮真の祖父である御子柴浩一郎という男は別格だった。

「正直、あの話をマイク達から聞かされた時には、腰が抜ける程、驚きましたよ。何しろ、その辺の駆けだし冒険者を相手にって訳じゃないんですからね……」

「まぁ、そうだろうねぇ。アタイもあの爺さんが化け物なのは分かっていたけれど、あそこまで突き抜けているとは、流石に思いもよらなかったよ」

二人の脳裏に浮かぶのは、浩一郎とシグニスとが手合わせをした一件の話。

勿論、それは単なる顔合わせを兼ねた試合であり、殺し合いではない。

そして試合とは、あくまでも試し合いであり本番ではない事を、リオネ達も分かっている。

何しろ、単なる試合で自分が会得した絶技を披露しようなどという武人は居ない。

ましてや、多くの観客が見守る中で、自分の武の業前を見せるなど、迂闊の極み。

そういう意味からすると、武に携わる人間の技量とは、文字通り生死を掛けた殺し合いの結果でしか分からないと言っていい。

ただ、そんな事は二人も十分に弁えている。

とは言え、試合が無意味な行為だと非難したり、貶したりするつもりもない。

試合で全てを見せる武人は居ないが、ある程度の技量を推し量る事は出来るのだから。

絶技は披露しなくとも、視線や体捌きなどから、十分に推察する事は可能。

いや、達人ともなれば、普段の日常生活の中で行われる様々の所作から、ある程度の推測は可能になってくる。

それに、御子柴亮真の腕の程を見れば、その技を教え込んだという師匠の腕前は凡そ予想がつくだろう。

しかし、御子柴浩一郎がシグニスとの試合で見せた技量は、歴戦の傭兵団【紅獅子】の面々から見ても並外れたものだったのだ。

暴風の様なシグニスの鉄棍をその場から殆ど動く事も無く捌き続けて見せるなど、予想出来る筈もない。

しかも、シグニスには怪我一つ負わせないで勝って見せたとなれば、それがどれほど卓越した技量が必要な行為なのかは、言うまでもないだろう。

「仮に両腕が真っ当だった頃の俺でも、そんな芸当は無理でしょうね」

そう言って首を振るボルツは歴戦の傭兵だ。

今でこそリオネの補佐役兼軍師役として裏方に回る事が多いが、嘗ては【猛虎】や【剛剣】などと呼ばれた時代もある。

戦場で片腕を失う羽目になった結果、以前よりは前線に立つ機会も少なくなってはいるものの、今でも剣の冴えは健在であり、シグニスやロベルトを相手にした試合でも、守備に徹すれば引き分けに持ち込む事も出来るほどの手練れ。

それこそ何処かの国の騎士に登用されても、おかしくない程の腕前を誇る。

だが、それほどの技量を持つボルツから見ても、御子柴浩一郎は文字通り格が違った。

それは言うなれば、深く暗い海を覗き込む様なもの。

ボルツ自身の力量と、浩一郎との差が分からないのだ。

それが、どれほどの差なのかは、ボルツ自身にも分からない。

山の高さは目で推し量る事が出来ても、海の深さを推し量る事が難しいのと同じ様なものだろうか。

そして、それは御子柴亮真にも同じ事が言える。

「同じ怪物でも、まだ若の方は浩一郎様程ではないですが……ね」

その言葉を聞きリオネは苦笑いを浮かべる。

「それは年季が違うから仕方ないさ……まぁ、そうは言っても、化け物は化け物。坊やも大概だけれどもねぇ」

それは才能というよりは、両者が生きてきた歳月の差だ。

それでも、御子柴亮真が浩一郎と同じ化け物である事を、リオネとボルツは理解している。

そんな事は、初めて御子柴亮真という男と出会った瞬間から分かり切っていた事実でしかない。

「それは当然です。そうでなければ、誰が若の口車に乗って一国の内乱に首を突っ込むなんて無謀な真似に付き合うものですか……」

そう言って苦笑いを浮かべるボルツの脳裏に当時の記憶が蘇る。

全ての始まりは、交易都市フルザードのギルドマスターであったウォルスから持ち込まれた依頼だ。

ギルドからの強制依頼として、ローゼリア王国へ向かう商隊の警護を請け負う羽目になった亮真とリオネ達は、貴族派の策謀に躍らされ奇襲を仕掛けてきたミハイル・バナーシュを捕縛する事に成功した結果、彼の口からローゼリア王国の王位継承を巡って暗闘を繰り広げていたルピス・ローゼリアヌスと、貴族派と呼ばれる有力貴族達との争いに自分達が巻き込まれてしまった事を知ったのだ。

それは、文字通りローゼリア王国という国の趨勢を左右する戦い。

当然、そんな権力者達の争いに、一介の傭兵団が巻き込まれて抗える筈もない。

普通に考えれば、傭兵団【紅獅子】の面々は、政争に運悪く巻き込まれた哀れな犠牲者として闇に葬られていただろう。

だが、偶々ローラ・マルフィストがローゼリア王家の血を引く人間に多い銀髪という特徴を持っていたが故に、この陰謀に巻き込まれてしまった御子柴亮真という男の存在が、そんな絶望的ともいえる運命を変えたのだ。

「まぁ、そうだろうねぇ……何しろ劣勢だった女王様に肩入れして、安全を確保しようだなんて博打だ。誰が聞いたって、無謀を通り越して、自殺に近いとおもうだろうよ。アタイだって提案したのが坊やじゃなきゃ、ケツを捲って逃げ出しただろうさ」

何故そんな博打紛いの危険な策を受け入れたのか。

その理由を明確に言葉にする方法は無い。

本能なのか、運命なのか。

今思い返してみても、リオネが納得出来る理由など無いのだ。

だが、何故かリオネは御子柴亮真という男の言葉が、確定された未来であると確信してしまった。

それは恐らく、ボルツも同じだろう。

そして、そんなリオネ達の確信は今、現実になった。

「ただまぁ、大物になるとは思っていたけれど、まさか、大公爵にまで上るとは、流石のアタイも予想出来なかったけれどもねぇ」

「それは俺も同じでさぁ。男爵に叙勲した時も内心驚いたものですが……今や、それ以上ですからねぇ」

「まぁ、そんな坊やだからこそ、面白いんだけれどもねぇ。此処からあの子がどうなるかさぁ」

「ならまぁ……俺も精一杯、若の御期待に応えるとしましょうかね」

そう言って人の悪い笑みを浮かべるリオネに、ボルツは深く頷く。

そして、二人は握り拳を突き出しぶつけ合う。

それは、傭兵時代から続く二人が合意した事を示す合図。

やがて、シグニスが率いる第二軍の最後尾がリオネの前を通り過ぎる。

「さて。それならウチ等もそろそろ行くとしようか……アタイ達も出るよ！」

周囲を確認し、リオネは天高く拳を突き上げ叫ぶ。

「旗を掲げな！」

その命令に従い、リオネの背後に無数の旗が立てられる。

其処には、黒地に赤い獅子の顔が縫い取られている。

それは今回の遠征で、ザルーダ王国へと赴く事となったリオネ達の為に、御子柴亮真が急遽作らせた旗。

その瞬間、整列していた歩兵達の槍が点に向かって突き上げられ、鯨波が王都ピレウスの外に広がる平原を揺るがす。

それはまるで、オルトメア帝国に向けて放たれた、紅の獅子の咆哮の様だった。


ザルーダ遠征軍が西に向けて行軍していく。

それはまるで、街道の上を這う黒い大蛇。

その光景を、王都ピレウスの西門の上に設けられた物見櫓の上から静かに見守っていたシモーヌ・クリストフは、徐に口を開き傍らに立つ覇王へと話しかける。

「第三軍も出立されましたか……あの旗は急いで王都の職人に作らせた品ですが、【紅獅子】

と謳われたリオネさんに相応しい出来栄えですね」

「そうだな……無理を言って急がせたが、文句ない出来だ。職人には手間賃を弾んでやってくれ」

「はい、そうおっしゃられると思い、既にこちらで支払いは済ませておきました。彼等も喜んでいましたわ」

「流石だな、助かるよ」

「いえ……私に出来る事は限られていますから……」

その声はまるで、鈴を鳴らした様な美しい美声。

まるで、勝利を確信している様な自信と活力に満ちている。

大半の人間は、そんなシモーヌの言葉に、何の違和感も抱きはしないだろう。

しかし、それはあくまでも表面上の事。

御子柴亮真は、シモーヌの声に微かではあるが憂いや躊躇いが含まれている事を気が付いていた。

よくよく見れば、肩がほんの微かではあるが震えている。

自らの役目は完全に果たしているのだが、それでも一抹の不安は消せないのだ。

(やはり、少しばかり緊張している様だな……)

ザルーダ遠征軍がオルトメア帝国と戦う為には、どうしても膨大な物資が必要となるし、それは適宜補充されなければならないのだ。

そうした兵站の全てがシモーヌの双肩に掛かっている。

それで、重圧を感じるなという方が難しいだろう。

（まぁ、無理もないか。何しろ相手は西方大陸中央部の覇者であるオルトメア帝国。しかも、前回よりも状況は悪くなっている。周囲には平然としている様に見せてはいるが、俺だって本心を言えば逃げ出したいくらいだから……な）

「ところで御屋形様……先ほど遠征軍に向けていた視線が気になったのですが、何かご懸念がおありなのですか？」

その問いに、亮真は思わず苦笑いを浮かべた。

まさか、自分がシモーヌに抱いたものと同じものを彼女から指摘されたのだから、驚くのも当然だろう。

基本的に、亮真は自分の心の内を周囲に見せようとはしない。

御子柴大公家の当主としての立場を考えればそれも当然の事。

そしてそれは、クリストフ商会の長であり、御子柴大公家の経済を支えるシモーヌにも同じ事が言える。

（それが、上に立つ者の責任だから……な）

上の立場の人間が不安や戸惑いを周囲に見せるのは、決して良い事ではない。

いや、単に部下が不安を抱いたり、先行きを心配したりするだけならまだマシだろう。

人が生きていく以上、不安や心配事の種は尽きないのだから。

だが、不安や心配という心理は、植物の種の様に成長する。

そして、最終的には裏切りや逃走といった花を咲かせてしまう場合が有るのだ。

（会社で言えば、社長が不況で会社の存続が危ないなどと愚痴る様なもんだ。冗談で流して貰えればそれでいいが、下手をすれば社員は転職を考えるだろうからな……）

これは別に、社長と社員との関係だけに留まらない。

政治家と国民でも同じだし、医者と患者でも同じ事が言えるだろう。

（まぁ、部下に自分の心を見せ過ぎないというのも問題だがね）

強過ぎるリーダーに反発するというのもまた真実。

実際、亮真が召喚される前の日本では、上司が高圧的に指導する事がパワーハラスメントであると社会問題化されていたし、書店に足を運べばフォロワーシップの重要性を説くビジネス書が山積みになっていた。

ただ、リーダーシップが良いか、フォロワーシップが良いかは結局、状況次第という事になる。

（そういう観点で考えると、この大地世界ではリーダーシップの方が良いだろうけれどもな）

この大地世界に暮らす人間の多くは、良くも悪くも上意下達に慣れ親しんでしまっている。

また、平民の大半が自分の名前すらも満足に書く事が出来ず、四則演算が出来れば役人や商人になれる様な世界だ。

部下自身に意欲ややる気を出して働かせる事がフォロワーシップの目的だし、確かにその考え方は素晴らしいだろうが、そもそも教育という下地が無ければ、自ら考えて動けと命じられたところで動ける筈がないのだ。

そう考えた時、この大地世界で求められるのは強いリーダーシップとなる。

それも、独裁的と言える程に強固なものが良い。

そして、強固なリーダーシップに必要なのは、迷わない意志と決断力だ。

（何しろ、身近に失敗例が居るからなぁ……）

亮真の脳裏に、ルピスの顔が浮かぶ。

実際、ルピス・ローゼリアヌスという女程、リーダーシップというものに対しての適性が無い国王も居ない。

そして、適性が無いにも拘わらず、国王という地位に固執し自らが主導権を取ろうとして自爆した挙句、最終的には玉座を喪った。

（だが、そうなった大きな要因の一つが、ルピスの不安や自信の無さを、側近であるメルティナに見せ過ぎたという点だろうな）

忠誠心の篤いメルティナは、そんなルピスを必死で支えようとした。

その至誠は亮真から見ても評価に値するものだ。

ただ結果として、メルティナはルピスの心理を慮るあまり、御子柴亮真の排除を画策し、北部征伐という大戦を引き起こしたのだ。

それもこれも、ルピスが自分の心の内を、不用意に見せ過ぎた結果の末路と言っていいだろう。

人の上に立つ立場の人間が、自分の心を露わにする事の危険性を証明する何よりの証拠だ。

（とは言え、俺も所詮は人間だからな）

幾ら心の不安を押し隠し、平静を保とうとしても、完全に隠しきれる訳もない。

それは、二人の関係が長く、絆が深ければ深いだけ、隠しきれなくなるものだ。

亮真がシモーヌの不安を感じ取ったのと同じ様に、シモーヌもまた若き覇王の心の奥底に秘められた不安を感じ取ったのだろう。

亮真が今、最も強く懸念しているのはやはり、遠征軍の兵種に関してだろうか。

（まぁ、シモーヌとも長い付き合いだから……な。見抜かれたとしても仕方ない……）

それに、あまり本心を隠し過ぎるというのも問題なのだ。

（信頼されていないと感じて、不満を募らせる事もあるからな）

見せ過ぎても駄目、見せなさ過ぎても駄目。

結局、大切なのはバランスという事になる。

だから亮真は、シモーヌの問いに対して正直に答えた。

「リオネさんと相談して、重装歩兵は遠征軍の編制から外させたが……はてさて……こいつが吉と出るか凶と出るか……」

その言葉に、シモーヌは深く頷いた。

亮真が何を気にしているのか、瞬時に察したのだ。

「成程（なるほど）……ザルーダ王国は山の国ですからね……防衛が主体となる戦とは言え、重装歩兵を外したというご判断は間違（まちが）ってはいないかと」

「まぁな……ただ、うちの兵は自慢（じまん）の精兵だが、敵がオルトメアの大軍となると……な」

御子柴大公家の軍を構成する兵士は、他国の兵士と比べて一人当たりの戦力が高い。

一般兵（いっぱん）でも、他国の兵士に比べて二倍以上の強さを誇っている精兵だ。

そして、御子柴大公家の軍が、それ程の強さを誇る理由の一つは、全ての兵士が武法術を会得しているという事実だろう。

大地世界に於いて、武法術を会得した人間が優遇（ゆうぐう）されるのも、偏（ひとえ）にその強大な戦闘力を保有するが故の事なのだから。

武法術を会得した人間と、会得していない人間の差とは文字通り、大人と子供の関係に近いだろう。

だが、御子柴大公家の強さの理由は、武法術の会得率のみではない。

それに加えて、文字と計算を教え、部隊の連携（れんけい）などを訓練しているというのも、戦力の増強に大きく貢献（こうけん）している。

また、兵士一人一人の体型に合わせた良質な武具を支給するだけの資金的余裕（よゆう）を持っているという点も大きいだろう。

少なくとも、他国の軍ならば、騎士階級や貴族階級の人間が身に着ける様な水準の鎧兜（よろいかぶと）が、御子柴大公家では一般兵士の装備となっているのだ。

簡単に言えば、兵士一人一人に対して、セミオーダーで装備を揃える様なものだろうか。

とは言え、それは現代人として極めて当たり前の準備。

自分の体型に合わない制服を着て仕事をしたところで、効率は悪くなるだろうし、事故を起こす可能性も高くなってしまうのだから。

（だが、平民を徴兵する事の多い大地世界では、平民に高価な武具を与える事を無駄だと考える人間の方が多いからな）

つまり、頭数だけ揃えればそれで戦に勝てると思い込んでいるのだ。

確かに、敵よりも兵数を多く集めるのは戦の真理ではある。

実際、大半の兵法書が、敵軍より多くの兵を集める事を有利と説いている点からもそれは窺う事が出来るのだから。

（ただ問題なのは、無闇に兵数を増やせばいいというものではないという点を、理解している人間が少ない事なんだよなぁ）

他国を見れば、サイズの合わない鎧を支給される事も多いし、緊急時には刃先に錆が浮いた槍を持たされる事もあるくらいなのだ。

準備という観点からすれば、それは明らかに怠慢でしかない。

仮にそれが許されるとすれば、それは普段から備えをしていた上で、それでも想定外の事態が起こった時に、例外的に行う場合のみだだろう。

（うちは、それなりに金を掛けているからそんな事は起こらないが……ね）

御子柴亮真にとって、兵士の命は武具よりも高い。

読み書きを教え、体を鍛え、戦術を教え込むのだ。

短期集中で訓練をしても、一人前になるまで数ヶ月から年単位の時間が掛かる。

その間、衣食住に費やされる費用は当然、御子柴大公家から出ていく訳だ。

その経費を考えれば、出来うる限り優れた武具を支給し、兵士一人一人の生存率を上げる方が遥かに安く済む。

（しかし、そういった初期投資を行わない他国の為政者にとっては、兵士の命の方が武具よりも安い。まぁ、使い潰す事を前提なら、そっちの方が楽ではあるが……）

大地世界における考え方を端的に表すと、「畑で兵士が取れる」といった所だろうか。

この大地世界でも、身分の低い人間の命は、軽視されるという事なのだろう。

（俺としては、きちんとした教育や訓練を施す方が、結果的に安上がりになると思うんだが……ね）

実際、その手間暇を費やすだけの価値はある。

御子柴亮真がこれまでの戦に勝利してきた理由の一つは、この人材育成に時間と資金を投下してきたからに他ならないのだから。

ただ、それはあくまでも御子柴大公家が西方大陸屈指の経済力を保有しているから可能な芸当ではあるのもまた事実。

「御屋形様は、兵士一人一人を大切にされていますから」

シモーヌの言葉に亮真は小さく頷く。

「戦場で命を懸けて戦わせるんだ。金で解決出来るなら出来うる限りの教育や対策をするべきだろう……ただ、まぁ、他の国の経済力じゃぁ、無理だろうけれども……な」

ウォルテニア半島という立地を最大限に活用し、クリストフ商会による大陸間交易が軌道に乗っているから出来る芸当だろう。

そして、そんな豊富な経済力を背景に、亮真は三種類の装備を生産し、兵士達に支給している。

もっとも保有数が多いのは一般兵装として兵士達に支給される物で、西方大陸でも一般的な金属と革を組み合わせた鎧兜だ。

勿論、支給する際に兵士一人一人の体型を考慮しているし、予備も支給している。

とは言え、あくまでも大量生産を前提にした品だ。

製品自体は一般の兵士に支給する事を考えるとかなり良い品なのだが、基本的には取り立てて特徴が有る訳ではない、ごく普通の武具と言えるだろう。

だが、そういった一般兵向けの装備に加えて、御子柴大公家には、軽兵装と重兵装と呼ばれる二つの装備が存在している。

一つは、ウォルテニア半島の怪物達から採取した皮などを使った鎧兜であり、軽量で長時間身につけていても負担が少ない機動性を重視していながら、その防御性能は通常の板金鎧にも匹敵するという装備だ。

これは、奇襲や長距離の行軍が想定される際に用いられる。

もう一つは、一般的な板金鎧の二倍近い厚みと重さを持つ、防御特化の鎧兜。

こちらは、素材自体は西方大陸でもありふれた鋼鉄だが、通常の二倍近い厚みを誇る鎧だ。

勿論、普通ならこんな鎧を作ったところでまともに使い熟せはしない。

武法術で身体強化をしても、身動きが難しい程の重量なのだから。

板金鎧の防御性能を上げる為には、金属部を分厚くする事が手っ取り早い手段だと誰もが分かっているが、だからといって無闇に厚みを増やせば機動力を損ない身動きが取れなくなる。

結果的に実用性の低いゴミが出来てしまう事になるだろう。

そんな難問を、黒エルフ族の付与法術師が施した術式によって軽減する事で、実用性を担保しているのだ。

(ただ、どちらも完璧とは言えないんだよなぁ……)

確かに軽兵装の革鎧も、重兵装の板金鎧も優れてはいる。

他国の人間が見れば、どんな手段を用いても手に入れようとする筈だ。

まさに垂涎の的といった所だろうか。

だが、完全無欠ではない。

如何に付与法術を施した特性の革鎧とはいえ、素材の強度の部分だけで比較すると、やはり鋼鉄を用いた板金鎧に軍配が上がるからだ。

同じ様に、如何に板金鎧に重量軽減の術式を施したところで、革鎧に比べればやはり重い事に変わりはないだろう。

（それに、武具に付与法術を施すとしても、何個も何個も施せる訳じゃないからな……）

一つの武具に施せる付与法術の術式は四つか五つ程だ。

しかもそれは、黒エルフ族でも指折りと呼ばれる術者が施しての数。

通常なら一つか二つが関の山だろう。

実際、御子柴大公家が兵士に支給している武具に施された術式も二つだ。

（将来的には、もう少し数を増やしたいところだが……）

それ以上の術式が付与されたものとなると、今のところは亮真やその側近であるローラ達の武具に限定されている。

つまり、万能ではなく、用途や状況に応じてどちらを使用するか選択する必要が出てくる事になる。

（防衛戦である事を考えると、重装歩兵の方が良いだろう。城に籠っての防衛も多いだろうし……城から打って出て野戦に持ち込むにしても、重装歩兵の方が被害は少ないだろうしな……ただ、問題なのはザルーダ王国という国の地形だ……）

かつてリオネが率いた御子柴大公家が誇る重装歩兵は、この西方大陸でも一、二を争う程防御力に長けた兵士達だ。

分厚い板金の鎧を身に付け、大盾で敵の攻撃を受け止める力は、シグニスやロベルト達の突撃をも伏せ出で見せる程に強固なもの。

その実力はローゼリア王国北部制圧の際に、イピロス攻防戦で既に実証されている。

リオネ達の任務が、亮真がミスト王国での戦を終結させるまでの時間稼ぎである点を考えても、防御力の高い重装歩兵を派遣した方が兵士の損耗を抑えられるだろう。

しかし今回、亮真は軽装歩兵での編制を行った。

遠征軍の歩兵を、御子柴大公家が誇る付与法術で強化された重装歩兵ではなく、防御力で劣る軽装歩兵で編制した理由。

それは、主戦場であるザルーダ王国が、険しい山野に囲まれた国であるという点だ。

何しろ、山岳地帯ともなれば、起伏の激しい地形を走破する必要が出てくる筈だ。

如何に付与法術で負担を軽減できるとは言え、分厚い金属鎧では、兵士達の消耗が激しくなるのは簡単に予想出来る。

また、重装歩兵の真骨頂は、陣形を用いた防衛力だが、山岳地では陣形を用いて戦う場面も限られるだろう。

まぁ、そういう意味からすると騎兵も活躍の場面は限られる可能性はある。

遠征軍を全て歩兵で編制する事も、選択肢としては有りだ。

とは言え、それを考慮した上で騎兵を編制したのは、騎馬という兵種が持つ突破力を重視したからだろうか。

これは、様々な可能性を考慮した結果。

とは言え、このザルーダ遠征軍の編制が凶と出るか吉と出るかは、実際に戦場で確かめるより他にないだろう。

そして、そんな亮真の心に秘められた懸念を、シモーヌは正確に見抜いていた。

「しかし、シモーヌは良く気が付いたな……それとも、顔に出ていたかな？」

その言葉に、シモーヌは穏やかな笑みを浮かべて頷く。

「いいえ。大半の者は気が付かないでしょう。私は御屋形様とは、長いお付き合いですから……何となく雰囲気で分かりましたが」

そう言うとシモーヌは悪戯っ子の様な笑みを浮かべて、亮真に笑いかける。

「それに、御屋形様も私の不安をお気付きになられていたでしょう？」

その問いに、亮真は軽く肩を竦めて見せた。

まさにお手上げと言った心境だろうか。

「お互い様……だな」

「はい、お互い様です。何しろ、御屋形様とは同じ部屋に泊まった事も有りますしね」

城塞都市イピロスで御子柴亮真がシモーヌ・クリストフと初めて顔を合わせた時より、既に数年の月日が経過している。

その間、二人は文字通り苦楽を共にしてきた仲だ。

それはまさに、以心伝心。

両者の絆の強さは、恋人や夫婦にも似ているだろう。

とは言え、亮真とシモーヌの間には、未だ肉体関係はない。

確かに、二人で裏路地にある連れ込み宿で密会した事も有るが、あれはあくまでも情報連携の為でしかないのだ。

二人の関係をたとえるならば戦友という言葉が相応しい。

「まぁ、シモーヌは戦友だからな」

その言葉は亮真の本心だった。

ただ、シモーヌ自身はそんな亮真の言葉に、少しばかり戸惑いの色を見せた。

「戦友……ですか……御屋形様にそう言って頂けて光栄です……ただ、私は戦場には立てませんので、戦友の仲間に入れて頂いても良いのかどうか……」

その顔に浮かんでいるのは、亮真の言葉に対する嬉しさと同時に、一抹の罪悪感や後ろめたさだろうか。

ローラやサーラは、間違いなく戦友だろう。

亮真がこの大地世界に召喚された直後から今日まで、共に戦ってきたのだから。

また、リオネが率いていた傭兵団【紅獅子】の団員達や伊賀崎衆面々、ロベルト達も戦友の中に含まれる。

彼等もまた、共に数多の戦場を駆け抜け、死線を潜り抜けてきた仲間であり家臣なのだから。

そして、亮真にとってシモーヌ・クリストフという女性もまた、戦友の一人だと認識している。

しかし、シモーヌ自身は、その言葉を素直に受け止められない様だ。

（成程……まぁ、シモーヌが実際に武器を手にして戦場で俺の横に立つ事は無いし、それは今後も変わらないから……な）

仲間が、戦場で命を懸けて戦うというのに、シモーヌは安全な後方で支援に徹しているという事実が、彼女に罪悪感を抱かせているのだろう。

シモーヌ・クリストフは、御子柴亮真にとって大切な戦友であり家臣だが、彼女の力が発揮されるのは商いの場であり、剣戟の音が響き渡る戦場ではないのだから。

そういう意味からすれば、二人の関係は戦友という言葉の本来の意味から、少し外れるかもしれない。

だが、それを理解していても、亮真にとってシモーヌ・クリストフはやはり戦友なのだ。

そしてもし仮に、シモーヌが戦士として戦場に立つと言い出したら、亮真は全力で止めようとするだろう。

人には適材適所がある。

そして、シモーヌがその本領を発揮するのは、商売の場なのだ。

それが分かっていて、無理にシモーヌに戦場へ出て貰う必要性などないだろう。

（とは言え、この辺は微妙な話だからな。上手くフォローしないと今後の禍根になりかねない）

日本の戦国時代を終わらせたとされる豊臣秀吉に仕えた有能な武将である加藤清正や福島正則は、その武勇に優れ賤ケ岳七本槍と呼ばれたとされているが、彼等は政治力に長けた石田三成や小西行長などと反目していたとされている。

実際、その不仲説を証明するかのように、豊臣秀吉が死んだ後に起きた関ヶ原の戦いで、石田三成が徳川家康と戦う事になった際も、彼等は徳川家康の方に味方しているのだ。

勿論、真実は全て歴史の闇の中であり、何処までその両者の反目が影響していたのかは今となっては不明だ。

賤ケ岳七本槍という呼称すらも、有力な家臣が少ない秀吉が流した虚名とも言われているくらいなのだから。

ただ、彼等が不仲になった理由の中に、戦場で武勇を見せた事の無い石田三成が出世した事への反感が有ったという話が含まれているのは、亮真としても見過ごす事が出来ない。

また、後方支援に優れていた石田三成が、戦場で実際に泥に塗れてきた加藤清正などを槍働きしか出来ない武骨者だと軽視したという話もある。

（まぁ、シモーヌの場合は少し意味が違うがね）

石田三成の話が本当ならば、彼は自らの才と功績をひけらかし他者を侮辱した。

シモーヌ・クリストフは自らの仕事に不安を抱き、戦場に立てない自分を卑下し罪悪感を抱いている。

ただ、表面的には全く別の心理の様に見えるが、その本質は同じ。

「気にする必要なんてないさ。後方支援をしてくれるシモーヌが居なければ戦には勝てないし、その重要性や苦労が理解出来ない奴は、俺の仲間には居ないからな」

そう言うと亮真は、シモーヌの罪悪感を吹き飛ばすかの様に大声で笑った。

そんな亮真に対して、シモーヌも穏やかな笑みを浮かべて頷く。

(まぁ、完全に納得した訳じゃないだろうが、とりあえずシモーヌの中で折り合いはついたみたいだな)

これから大戦を始めようというのに、兵站の責任者が自信喪失では話にならない。

(ただ、シモーヌに武術を教え込むというのは、一考の価値があるか……)

勿論、シモーヌを戦場に立たせる必要性も意味もない。

だから、別に剣や槍の修練をしていないとしても、何も問題は無いだろう。

とは言え、本当に不要かと言われると、亮真は若干の不安を感じなくもないというのが本音だった。

(一応は、伊賀崎衆に命じて警護はしているが、それにだって限度はある。今後の情勢が読み切れない現状だと、万が一の事態が無いとは言い切れないだろうな……その時、自分の身を守る手段を持っていれば、生存率は跳ね上がる……)

特に差し迫った脅威が有る訳ではないのだが、敵対組織の暗殺者に襲われる可能性も皆無という訳ではない。

現代社会で言うところのテロ行為だって、可能性はあるのだ。

その時、敵を殺せるかどうかはさておき、反撃の手段を持っているかどうかが、生死の境目を分ける可能性は捨てきれないのだ。

(多少の護身術くらいは、教えてやった方が良い気がするが……いや、暗器か毒でも渡してやる方がいいか？）

　一番いいのは、武器を用いない無手の武術を教え込む事だ。

　剣や槍を持たせるのも悪い事ではないが、咄嗟の状況下で手元に必ず武器があるとは限らない事を考えると、柔術や拳法などの武器を用いない素手の武術の方が好ましい。

　とは言っても、亮真は時間に追われる身分だし、シモーヌは交易の関係でエルネスグーラ王国などに出ている事が多い事を考えると、修練に費やせる時間は少ないだろう。

　ましてや、これから亮真はミスト王国へ軍を率いて遠征しなければならない事を考え合わせると、今迄よりも更に調整が難しい。

　そうなると、暗器や毒の様な敵の不意を突ける武器が良いだろう。

　とは言え、そういった武器も、ある程度の修練が必要となるのは変わらないのだ。

（それに、生兵法は大怪我の元とも言うからな……まぁ、しばらくはこのままだな）

　そんな事を考えながら、亮真は話題を変えた。

　ザルーダ王国への遠征軍が出発した今、近々の課題はミスト王国への遠征なのだ。

「ところで、ミスト王国遠征の準備の方はどうだ？　ザルーダ遠征軍の兵站に加えてミストの方も頼んでしまい申し訳ないが、他に任せられる人間も居なくてな」

　その問いに、シモーヌは小さく首を横に振った。

「はい、それは分かっておりますのでお気になさらないでください……ただやはり、兵糧や物資の収集に今しばらくお時間が」

その言葉に、亮真は顔を顰めながらため息をついた。

「そうか……まぁ、そうだよな。王都に集積されていた物資を全てザルーダへの救援物資として送る以上は……仕方ないか」

「ユリア様にお願いして、ミストール商会を中心に北部の商人達を動かしていますので、物資の調達が完了するのも間もなくだと思います。合わせて中央大陸からも荷を運びこんでおりますし」

オルトメア帝国のザルーダ王国侵攻に対して、ローゼリア王国は本来、国の総力を以て援軍を出す義務がある。

それが、エルエスグーラ王国を盟主とした、通商条約を下にして結成された四ヶ国連合の義務なのだ。

ただ、ミスト王国で南部諸王国との戦が起こった以上、地政学的見地から考えると、どうしてもザルーダ王国への援軍は後回しにせざるを得ない。

そうなった時、問題なのはザルーダ王国への対応。

(リオネさんが幾ら腕利きとはいっても、エレナさん程の名声はないしな)

前回は、【ローゼリアの白き軍神】であるエレナが遠征軍の総指揮官であった為、三千弱の援軍でもザルーダ王国側はある程度納得をしたのだ。

しかし今回は状況が違う。

エレナ・シュタイナーも【救国の英雄】と呼ばれ始めた亮真も、ザルーダ王国に出征出来ないのだ。

エレナはラディーネの補佐としてローゼリア王国内で貴族達へ睨みを利かせなければならないし、亮真はミスト王国への救援に出るからだ。

勿論、それらはどれもやむを得ない事情だ。

ただ、それが分かっていてもザルーダ王国側としては素直に納得など出来ない。

前回以上に激しい反発が起きるのは目に見えている。

そういったザルーダ王国側の不満を宥める為には、相応の手土産が必要だ。

（その為には、食料や武具などを提供するのが一番だからな……）

戦をする上で、食料や武具はどれだけあっても困らない。

いや、今のザルーダ王国にしてみれば、まさに喉から手が出る想いの筈だ。

（とりあえずピレウスに貯め込まれていた物資をザルーダ王国へ無償提供して戦線を維持。何れは多少値引きする形で販売すれば採算は取れるだろう）

流石に、何時までも無償提供は出来ないが、それでもザルーダ王国としては急場をしのぐ事は出来る。

また、亮真としても新規顧客の開拓と考えれば損はない。

（物資を供出するローゼリア側にも販売を仕掛けられるしな……ただ、それもこれも、オルトメア帝国の侵攻を止められる事が前提の話だが……）

欲を出し過ぎて、戦に負けましたでは話にならないのだ。

（まぁ、その辺はシモーヌが上手くやるだろう）

既に基本方針は共有済みである以上、しつこく命じる必要はない。

「なら後は、例の件だが、連中からの回答は？」

「基本的に、彼等は陸の戦には関わりたくないとの事でした……ただ、ネルシオス様に書いていただいた書状を渡したところ、しばらく考える時間が欲しいと……」

その答えに、亮真は小さく頷く。

「それなら仕方ないな……地理的に、海戦の可能性もあるから、海に強い魚人族の助力が欲しかったんだが……無理を押し通せば、今迄の交渉が水の泡だ。気長に交渉するしかない……か」

戦力として期待していたが、あまり好ましい回答を得られなかったのは残念ではある。

ただ、過去に行われた聖戦の所為で、人間種と亜人種が敵対関係になっている以上、交渉を打ち切られなかっただけ御の字と言えるだろう。

「はい、ネルシオス様からも時間を頂きたいとのお言葉でした」

「やはり亜人は亜人同士で交渉してもらうのが良いだろう……ただ、そうなるとセイリオスに船を待機させておく方がよさそうだな……少しでも食料や武具を調達するのに船を使いたい時期に申し訳ないが……」

「それに関してはお気になさらずに……アレハンドロに命じてセイリオスの港に十隻程停泊させる事にしましょう」

その言葉に亮真は深く頷いて見せた。

（打てる布石は打っている。少なくとも最善は尽くした筈だ……）

それは亮真自身も理解している。

だが、それでも万全とは言い切れない。

何よりも、自分が主導権を握っていないという事実が、亮真の心をかき乱している。

しかし、それでも負ける訳にはいかないのだ。

「悪いな……頼む」

そう言うと、亮真は視線を南東の方向へ向けた。

その瞳は、見える筈の無いミスト王国の戦場を映し出している。

刻一刻と近づいている新たな戦雲を睨みつけるかの様に。


そして二週間が過ぎた。

太陽が中天より大地を照らしそよ風が平原を吹き抜ける。

熱気で汗が噴き出し、兵士達の額を濡らす。

とは言え、彼等の顔が高揚しているのは、気温の所為だけではないだろう。

やがて角笛が吹き鳴らされ、銅鑼の音が響き渡るのと同時に、大地が鳴動を始めた。

遂に御子柴亮真を大将とした総勢四万という御子柴大公軍が、南東へ向かって行軍を開始したのだ。

南部諸王国の一角を占めるブリタニアとタルージャという脅威から、友好国であるミスト王国を守る為の戦に。

第三章　暴風の憂鬱(ゆううつ)

その夜、ミスト王国の王都エンデシアに聳(そび)える王城の一室で、【暴風】の異名を持つエクレシア・マリネールは一人、各地から齎(もたら)される報告書に目を通していた。

時刻は二十時を過ぎたあたりだろうか。

その美しい額に皺(しわ)が寄っている所から見て、あまり芳(かんば)しい報告書の類ではないのだろう。

とは言え、知りたくない情報であっても、知らなければならないのが、エクレシアの置かれた立場。

机の脇(わき)に置かれたワゴンの上には、手付かずのパンとハム、チーズなどの軽食と、冷め切った紅茶のカップが物悲し気に放置されている。

エクレシアが王宮に出仕している時に、何くれと無く世話を焼いてくれる担当メイドが、食事をとる時間もない彼女の為に用意してくれたのだが、残念ながらその心配りは無駄になりそうだった。

このままいけば、遠からずゴミ箱へ廃棄(はいき)される運命だろう。

ただ、今のエクレシアには食事の時間を取りたいなどという気持ちは微塵(みじん)もない。

文字通り、寸暇(すんか)も惜(お)しいといった心境だろうか。

何しろ、今のエクレシアはミスト王国が誇る三人の将軍の一人。

元々、このミスト王国の軍事を担う存在である以上、暇である訳がないのだ。

そして、今回は普段の仕事に加えて、ザルーダ王国への遠征軍の編制と、ブリタニアとタルージャの連合軍が王国南部の城塞都市ジェルムクに攻め込んできた事に因って、更に輪を掛けた様な忙しさとなっている。

一国の興亡を一身に担う立場である以上、甘えは許されないのだ。

(あのお二人が手伝ってくれれば、少しは楽になるのだろうけれども……ね)

そんな愚にもつかない仮定がエクレシアの脳裏を過る。

とは言え、それはそもそも無理な相談なのだ。

ミスト王国にはエクレシア・マリネールの他に、二人の将軍がいる。

一人はミスト王国海軍の提督を務める女傑として名高いカサンドラ・ヘルナー。

もう一人は、ミスト王国最強とも謳われる歴戦の英雄である、アレクシス・デュランだ。

勿論、二人とも能力的にはエクレシアと互角以上の名将だ。

ただ、彼等にはそれぞれ事情があり、王都から身を引いている以上、協力などのぞむべくもないだろう。

たとえば、カサンドラ・ヘルナーは戦に長けた歴戦の将軍であり、その戦略眼と戦歴はミスト王国全土を見回しても五本の指に数えられる烈女だ。

しかし、海を主戦場としているカサンドラは、基本的に交易都市であると同時にミスト海軍の軍港であるフルザードから動く事はない。

ミスト王国の生命線ともいえる海上貿易網の警備を主な任務としている海軍の指揮を取るだけで精一杯なのだ。

勿論、ブリタニア王国が海戦を挑んでくるのであれば、カサンドラも艦隊を率いて参陣するだろうが、ミスト王国が保有する海軍は西方大陸でも最大規模を誇っている。

それを分かっていて、ブリタニアとタルージャが海戦を挑むというのも現状では考えにくいのだ。

実際、戦線がジェルムクとその周辺に限られている以上、カサンドラが自ら率先して動く事はない。

無理に専門外の陸戦に参加するよりも、フルザードを中心とした王国北部で兵糧や物資の確保を行い、前線に送る方が遥かに有益と考えるのは当然と言える。

そして、もう一人の将軍であるアレクシス・デュランだが、彼の方の理由はもっと単純にして明快。

アレクシス・デュランは嘗て、ブリタニア王国との戦で数多の戦功を打ち立てた名将だが、ミスト王国軍の最年長者に数えられる老人だ。

その為、数年前から病気療養を理由に王宮への出仕を断り、王都エンデシアの一画に建てられた自らの屋敷に引き籠っている。

確かに、家督を息子に譲り渡してはいないので、未だアレクシスがデュラン男爵家の当主として現役ではある事に間違いは無いのだが、半ば引退している様な状態なのだ。

勿論、本当にアレクシスが療養中であるかどうかは不明だ。

何しろ、全ての面会を断り引きこもっているのだ。

国王であるフィリップが派遣した宮廷医師の診察も断っている為、現時点でアレクシスの体調を知る人間は皆無。

現状を知る手掛かりがあるとすれば、デュラン家に仕える使用人くらいだろうが、彼等は貝の様に口を噤んでいる。

ただ、体調不良が真実かどうかはさておき、現時点でアレクシス・デュランが将軍としての職責を全う出来る可能性は皆無と言っていいだろう。

そうなると、この危急存亡の中で、ブリタニアとタルージャの連合軍に対応出来るだけの指揮能力と戦略に長けた人材は、エクレシア・マリネールを置いて他に居ないのだ。

(勿論、数多いる部下達の中には、まだ無名なだけの卓越した戦略家がいるかもしれないけれど……今からそんな人材を探し出す時間なんてある訳ないわ)

何しろ、西方大陸東部三ヶ国の一角を占め、海上交易によって齎される膨大な経済力を保有するミスト王国だ。

有能と言われる人材は豊富。

兵を率いることの出来る優れた戦術家は、エクレシア達三将軍以外にも存在している。

だが、国家戦略を練り上げ、将を率い指揮する事が出来る人材となると、途端に限られてしまうのが実情だ。

そして何よりも、能力的なモノだけで適格かどうかが決まる訳ではないという点が最大の問題だろう。

（能力があっても、それを周囲に認められていなければ意味がないわ。どれほど素晴らしい戦略でも、周囲の人間がそれを認め従ってくれなければ、絵に描いた餅と同じだもの。それこそ、ルピス陛下に引きたてられたメルティナ・レクターの様に周囲から反発を受けて、身動きが取れなくなるだけでしょうから）

仮に能力がありそうだとエクレシアが見込んだ人材でも、その人間に相応の実績を積ませる時間がどうしても必要になってくる。

それを無視してエクレシアが己の意を通そうとすれば、最終的に行き着く先は周囲を巻き込んだ自滅。

それが分かっている以上、エクレシアとしては、我が身を粉にしてでも何とかするしかないのだ。

しかし、そんなエクレシアの心とは裏腹に、体と精神はもう限界だと悲鳴を上げる。

「ふう……流石に疲れてきてるわね……」

エクレシアの唇から、深いため息が零れる。

（目も霞んできたし……）

視界はぼやけ、書類に書かれた文字を確認するのも難しくなってきていた。

随分と長い間、書類の確認作業を続けていた所為だろう。

瞼がピクピクと小刻みに震え、目が潤んできた。

二度程瞼をこすってはみたが、どうにも視界が晴れない。

諦めてエクレシアは書類を机の上に置いた。

そして、軽く目を押さえる様にマッサージをしてみる。

だが、その程度の付け焼刃な対応で回復する様な生易しい疲労ではないらしい。

何しろ、今日一日だけの話ではないのだ。

(このところ、部屋に籠って書類と睨めっこをしっぱなしだったのだから当たり前よね……仕方ない、一息入れるとしましょうか)

一分一秒でも無駄にしたくないという気持ちはある。

だが、この状況では仕事を進められる訳もないのだ。

そんな事を考えつつ、エクレシアは椅子から立ち上がり大きく背伸びをした。

腰を回したところで、「ボキッ」という鈍い骨の鳴る音が部屋の中に響く。

首を回すと、再び骨が鳴る。

(椅子に座りっぱなしだったから、体を動かすと気持ち良いわね……)

別に疲労をしているから体を動かした際に骨が鳴る訳ではないらしいのだが、やはり気分的にはなんとなく爽快感を得るのだろう。

しばらく体を動かすと、エクレシアは視線を窓の外へと向けた。

(しかし、嫌な天気ね……重苦しい雲が月を遮っていて……一雨来るかしら？)

窓の外は、分厚い雲が夜空を覆い隠している。

それはまさに、ミスト王国という国の先行きを暗示しているかの様だ。

実際、ミスト王国の各地からもたらされる情報を知れば、誰だってエクレシアと同じ様に陰鬱な気持ちになる事だろう。

その時、猫科の動物が喉を鳴らす様な低い音が、執務室の中に響いた。

一瞬、周囲を見回すエクレシア。

だが、発生源が自分の腹の辺りである事を知り、肩を落として溜め息をつく。

(空腹でお腹が鳴るなんて、はしたない……一人で良かったわ)

人間である以上、空腹で腹の虫が鳴く事はあるだろう。

だが、将軍であり、貴族という立場を持つエクレシアには、それ相応の面子がある。

ましてや、エクレシアは未だ結婚していない妙齢の淑女だ。

人前で腹の虫が鳴くなど、言語道断と言える。

とは言え、一度空腹を覚えれば、我慢出来なくなるのも人間の生理現象としては自然だろう。

エクレシアはワゴンに近寄ると、ティーポットからお茶をカップに注いだ。

(お茶もこんなに冷たくなってしまって……流石に香りも何もあったものではないわね……でも……美味しいわ)

ただ、冷たいというよりは温いという方が正しいだろう。

法術等を用いて冷やしたのではなく、長時間放置した結果、物理的に冷めただけなのだから。

ただどちらにせよ、貴族階級に属する人間が口にするような状態ではない。

普段であれば、エクレシアも新しいものを準備させた筈だ。

呼び鈴を鳴らしてメイドを呼べば、それで済むのだから。

しかし、今のエクレシアには、そんな温くなって渋みが出てきた紅茶が、何故か甘露の様に美味しく感じられるのだ。

体中に水分が沁みわたっていくのをエクレシアは感じていた。

そして、エクレシアは徐に皿の上に置かれたチーズに噛り付く。

最初の一口は、鼠が噛り付いたのかと思う程小さな噛み跡を残しただけだった。

しかし、二度三度と咀嚼し胃袋にチーズの欠片を収めた後は、もう止まらない。

固くなったパンを二つにちぎると、チーズが口の中に残っているのも気にせずに片割れを放り込んだ。

次に、皿の上に並べられていた数枚のハムを、フォークでかっさらう様に突き刺し口に入れる。

それは、貴族の食事の作法としては失格と目されるだろう。

しかし、ある意味見事な食べっぷりとも言える。

実際、エクレシアは単なる貴族家の令嬢ではなく、戦場を知る戦士であり兵士。

泥まみれになって地べたを這い回った事もあるし、兵士達と共に粗末な屑野菜を放り込んだだけの特に出汁もとっていない様なスープで飢えをしのいだ事もあるのだ。

人目を気にする必要が無い状況であれば、このくらいの芸当は軽くしてのける。

数分後、皿の上に置かれていた軽食を粗方食べ終えると、エクレシアはティーカップに温い紅茶を注いで一息に呷る。

そして、大きく息を吐いた後、具合を確かめる様に腹の辺りを擦った。

「人心地ついたわね……まぁ、正直に言うと、少しばかり物足りないけれど……」

パンやチーズも悪くはないが、昼食を抜いて働いていたエクレシアとしては、分厚い肉の塊でも焼いて、思い切り頬張りたい心境と言ったところか。

とは言え、腹の虫を宥める事に成功したエクレシアは、再び椅子に腰を下ろす。

そして、放り出していた書類に手を伸ばした。

もっとも、その伸ばされた手に若干の躊躇いがあった事から考えると、あまり良い内容の報告書ではない事を無意識に覚えているらしい。

それでも、エクレシアは黙々と書類の内容を確認していく。

やがて二時間が過ぎただろうか。

何時の間にか、机の上に山と積まれていた紙の束が、その姿を消していた。

地味で苦痛に満ちた書類の確認作業もようやく終わりを告げたのだ。

厳重に封印されていた手紙を読み終えた瞬間、エクレシアの口から深いため息が零れた。

それは、書類仕事を一先ずは終えた安堵だろうか。

（それとも、たった今読み終えた手紙の内容に対しての嘆息かしら？）

エクレシア当人にも、その辺はハッキリとはしない。

恐らく、その両方の気持ちが入り混じっているというのが正直なところだろうか。

とは言え、これでエクレシアの今日の仕事が終了した訳ではない。

いや、これからが本番という方が正しいだろうか。

（あと数日もすれば、御子柴大公閣下が率いる四万の兵が王都エンデシアに到着するわ）

しかもそれは、ローゼリア王国の騎士ではなく、御子柴大公家が誇る精兵達。

彼等が参戦すれば、戦況は大きく変わるだろう。

（十日程前に、ローゼリアの王都を出発したと報告を受けたけれど、エンデシア到着の時期が私の想定よりもかなり早い。相当行軍を急いだのね……）

それは実に喜ばしい報告。

だが同時に、恐ろしくもある。

（本当は、彼がこちらに到着するまでに解決しておきたかったのだけれども……ね）

腹立たし気にエクレシアは親指の爪を噛み切る。

それは、苛立った際に出るエクレシアの悪癖。

貴族階級に属する若い淑女には到底相応しくない癖だ。

実際、幼少期には母親や乳母からかなり厳しく、爪を噛む癖を直されている。

その為、普段は意識して注意しているのだが、本当に苛立ちを感じると、ついつい悪癖が頭をもたげてしまうのだろう。

とは言え、エクレシアが苛立つのも当然なのだ。

何しろ、未だにジェルムクに派遣する援軍の編制に手間取っている状況なのだから。

しかもその遅延の理由が、ミスト王国内における主導権争いに端を発しているとなれば、如何にエクレシアとしても平静を保つのは難しいだろう。

だが、出来なかったのは事実でしかない。

後は、それを踏まえた上で、どうするのかを決めるだけの事だ。

そして、エクレシアは自らの頬を二度ほど両手で叩いて気合を入れた。

挫けそうになる想いを奮い立たせる為に。

そして三日後、王都エンデシアの北門の外に、剣に巻き付いた金と銀の鱗を持つ双頭の蛇の紋章を掲げた一団が、その姿を現したのだった。


昼下がりの午後。

分厚く立ち込める黒い雲に覆われた空は、ミスト王国の未来を暗示しているかの様だ。

そんな空模様の下、王都エンデシアの郊外に設けた陣の天幕の中で、御子柴亮真は美しき来客を出迎えていた。

「お久ぶりです、エクレシアさん。まぁ、つい数ヶ月前にお会いしましたし、お久しぶりと言っていいのか少し迷いますが……ね」

現代日本人の感覚だと、数ヶ月も会わなければ「お久しぶりです」と挨拶するのは不自然ではないだろう。

しかし、この大地世界では年単位で顔を合わせない事もザラなのだ。

何しろ、交通手段が徒歩か馬車、もしくは船くらいのものなのだから。

数ヶ月程度なら、ついこの前会ったと言っても、この大地世界ではあながち間違いではないのだ。

そして、そんな亮真の挨拶に、エクレシアは丁寧に腰を折ってお辞儀をする。

それは、ローゼリア王国貴族に於いて最高位にまで上り詰めた男への礼儀だろう。

「ようこそミスト王国へ……遠路はるばるお越しくださいましてありがとうございます……」

そんなエクレシアに対して、亮真は軽く右手を上げて応える。

そして、準備していた椅子へとエクレシアを誘う。

「まさかこのような形で我が祖国に訪問頂くとは思いませんでした……てっきり次に閣下とお会いするのは、オルトメア帝国との戦の場だと思っていましたから」

椅子に腰を下ろしたエクレシアが、徐に口を開いた。

実際、その予想は正しかっただろう。

亮真自身、こんな形でミスト王国の土を踏むことになるとは考えてもいなかったのだから。

「ええ……それは俺も同じ気持ちです。まさかこれほど早くエクレシアさんと再会するとは思いませんでしたし、俺自身がミスト王国に出向く事になるとは思いもしませんでしたよ。ザルーダへオルトメアの軍が攻め込んだ現状では特に……ね」

その言葉に、エクレシアは苦笑いを浮かべる。

別に嫌味を言われた訳ではないのだが、やはり思うところが有るらしい。

「それは私も同じです……全てを見通す事など出来ない事は分かっておりますが、流石にこの事態は想定出来ませんでした」

そう言うと、二人は互いに笑みを浮かべる。

実際、神ではない人の身で、全てを予測する事は出来ない。

後は、その想定外の事象に対して、どういう対処をするかという点に、その人間の力量と真価が問われているのだ。

「状況は頂いた書簡を読んでいますので、一応は把握していますが……」

「概ね、お送りした手紙に書いた通りです」

そう言うとエクレシアは、机の上にジェルムク周辺の地図を広げた。

そして、確認した情報を基に現在の状況を地図上で再現していく。

「ジェルムクの戦況……やはり、あまり良い戦況ではないようですね」

亮真の眉間に険しさが浮かぶ。

城塞都市ジェルムクが書かれた場所に置かれた兵士の駒は二個。

一つの駒が一万の兵数を表しているので、およそ二万の兵力がジェルムクに籠城していることになる。

それに対して、その周辺に配置された敵軍を表す黒駒は六個。

（敵軍は六万……城塞都市に立て籠もっているとはいえ、ジェルムクの守備隊には厳しい兵力差だな……）

俗に言うところの攻撃三倍の法則という奴だ。

（ただまぁ、こればっかりは数式の様に答えが出るものではないからな……）

変数が多すぎて、全てを考慮など出来る筈もない。

戦況としては圧倒的に不利だ。

ただ、朗報がない訳ではない。

（一つは、城塞都市ジェルムクが未だに健在であるという点だ）

亮真が想定していた最悪の事態は避けられたらしい。

とは言え、この情報はあくまでも届けられた情報を総合してエクレシアが導き出した推測であり、明確な確証を得られていない不確定なものではある。

ただ、確証はなくとも、亮真は確度の高い推測だと判断していた。

城塞都市ジェルムクがブリタニアとタルージャ王国の連合軍六万に攻められてから、既に一ヶ月半が経過しようとしているが、未だにエクレシアの元へジェルムク陥落の報告は無いのだ。

（まぁ、籠城戦になっているならば、外部との連絡手段は限られるからな……それこそ、事前に狼煙でも準備していれば話は別だろうが……）

城塞都市ジェルムクがブリタニアとタルージャの連合軍によって包囲されており、籠城戦になった事までは伝令が来ている。

だが、それ以降の情報がハッキリしていないというのが実情だった。

何しろ、敵軍の包囲網が厳重で、ジェルムク内部の味方陣営と連絡が取れなくなっているのだ。

ただ、敵軍の包囲網が未だ健在であるという事を考えると、ジェルムクが未だに落城していない可能性はかなり高い。

(勿論、情報封鎖をされていて、実は既に陥落している可能性も考えられる……俺がもし敵軍の将で、短期決戦を狙うなら、ミスト王国の援軍をジェルムクにおびき寄せた上で、野戦に持ち込むというのは悪くないからな……)

それは、亮真がエクレシアから聞いた情報を基にして考えた幾つかの未来の中で、最悪の展開と言っていいだろう。

とは言え、その可能性が低い事も、亮真は十分に理解している。

何故なら、どれ程の手練れが投入されていようが、ジェルムク陥落などという大事を完全に隠しおおせる訳が無いとも思っているからだ。

(仮に、俺がもし伊賀崎衆に情報封鎖を命じたとしても、情報の伝達を数日遅らせるのが関の山だろう……)

ジェルムクから放たれる伝令は始末する事が出来ても、ジェルムク周辺で暮らす村や町の住人達の口を全て塞げる訳が無いからだ。

彼等は確実に、戦禍（せんか）を避ける為に王都エンデシアを目指して移動を開始するだろう。

（如何（いか）に戦争の真っ最中だとはいえ、そんな兆候があれば、見逃（みのが）す筈がないからな）

また、エクレシアが派遣した密偵（みってい）からの報告でも敵軍がジェルムクの包囲を維持したまま動きが無いというのは確認出来ている点も大きいだろう。

「ただ、俺が想定していた最悪よりはかなりマシらしい……この情報が正しいならば……ですがね」

その言葉の意味を察し、エクレシアは深く頷（うなず）いた。

「ミスト王国の南部における重要拠点（きょてん）である城塞（じょうさい）都市ジェルムクが陥落すれば、敵軍は雪崩（なだれ）の如く王国領内へと侵攻してくる事が目に見えていますから」

そうなれば、エクレシアの元に届けられる書類の山は、間違いなく今の何倍にも膨（ふく）れ上がるだろう。

そうなると、やはりジェルムクの籠城戦は未だ継続（けいぞく）中と判断するのが自然だと言える。

「成程（なるほど）……それはそうでしょう」

ただ、だからと言って安穏（あんのん）としていられる状況でもないのだ。

「近隣（きんりん）の村々は略奪（りゃくだつ）にあって、今やジェルムク周辺は廃墟（はいきょ）も同然という話ですからね……ミスト王国としては頭の痛いところでしょう……」

ジェルムクの周辺には十三の村と六つの街が点在している。

だが、ジェルムクの北に位置している四つの村と二つの街以外は、既に敵軍の略奪行為（りゃくだつこうい）を受けて壊滅の状態。

何しろ、男は皆殺しにした上で、女子供は捕虜として連れ去られてしまっている。

建物も放火されて、今頃は黒い炭と化している事だろう。

それは、襲撃を運よく逃れた民がジェルムクで保護された時に判明した事実だ。

「戦とは言え、痛ましい事です……王宮でも戦後の復旧の為の資金を確保する動きも出始めています」

「まぁ、戦後の復興準備を始めるのは必要でしょう。とは言え、その準備を活かす為には、ジェルムクを守り切れなければ意味が有りませんが……ね。ただ、やはり南部諸王国の兵士達は、かなり荒っぽい連中が揃っている様ですね。彼の国々が貧しいという事もあるのでしょうが……」

亮真の言葉に、エクレシアは小さく頷く。

敵国の村や街を襲うのは戦を行う上での定石。

農業生産の基盤である村落を略奪すれば、敵国の税収に打撃を与える事が出来る。

それは、日本風に言うと、戦国時代に盛んに行われた乱取りや乱妨取りと呼ばれる戦術だろうか。

いや、これは別に日本独自の戦術なのではない。

洋の東西を問わず、戦に於いて略奪が行われなかった歴史は無いと言っていいだろう。

民主主義を育んだ古代ギリシャでも奴隷は存在していたし、それこそ二十一世紀に入った現代社会でも、完全に根絶は出来ていないというのが実情なのだから。

それは、敵国の国力を低下させるという戦術的な側面と、兵士の士気を維持する効果的な手段であるという事実を表している。

ましてや、現代社会とは異なり、情報伝達手段が限られている上に、人権思想の無いこの大地世界では、無理からぬ事と言えるだろう。

(何しろ、略奪行為は兵士達にとって旨味が大きいからな)

略奪行為を行う利点は色々と存在している。

たとえば、兵士の視点で考えると、敵国の住民を捕まえて奴隷商人に売り払えば自分の臨時収入となるし、家々に押し入って金品を物色する事で自分の懐に入れる事が可能だ。

見目麗しい娘を捕まえて慰み者にする事すらも場合によっては黙認されるだろう。

国家に雇用されている専従兵や騎士であれば、ある程度の金額が給金として支払われる。

だが、徴兵された兵士に対しては、かなり扱いが異なっているのだ。

(うちは、全ての兵士に対して月々の給料を支払っているが……)

しかしそれは、大地世界ではかなり異例な対応と言っていいだろう。

この大地世界では、戦争が起きた際に徴兵される兵士の大半が、給料という形で賃金を貰う事が無いのだ。

勿論、食料や武具などは支給されるものの、徴兵や労役の一種という考え方なのだろう。

(まぁ、手柄を上げたり、戦争に勝利したりすれば、軍の指揮官や領主などから報奨金が支払われる事はあるので、全くの無給と言うと多少は語弊があるかもしれないが……）

　しかし、それを考慮しても大半の兵士にとって徴兵は身を削る様な苦役でしかないのだ。

（当然、兵士達の不満は溜まるし、戦意も低くなるからな。場合によっては武器を捨てて敵前逃亡する事だって考えられる……最悪、反乱が起きるだろう）

　誰だって、自分の利益にならない事を好んでする筈が無いのだ。

　ましてや、戦場で命を賭して戦うなど、強制したところで意味は無いし、戦意を向上させるどころか逆に自分に対して敵意や憎悪を抱かれる結果に終わるだろう。

　ただ、それは軍の指揮官や領主達も分かっているのだ。

　そして、そんな兵士達の不満を抑える手段として用いられるのが、敵国民に対しての略奪行為という事になる。

（勿論、同じ平民に対して略奪行為を進んでやりたいと思う人間は少ないだろう）

　少なくとも、表面的には躊躇う様子を見せる筈だ。

　だが、命令とあれば兵士達に拒否権など無い。

（それに、命令されたという事実が、兵士達の心理に免罪符を与えてしまう）

　そして、一度良心という名の箍が緩んでしまえば、行き着く先は一つしかない。

　まさに、「悪貨は良貨を駆逐す」といった所だろう。

　兵士側にしても、つらい現実を忘れ憂さ晴らしが出来るし、上手くすれば一財産造る事も可能となれば、多少良心が痛むにせよ目を瞑る事を選ぶ筈だ。

勿論、亮真個人はそんな事を推奨するつもりはなかった。

占領後の統治まで考えれば悪手な戦法だからだ。

(まぁ、推奨しないってだけで、必要なら選択肢として除外はしないけれども……な)

状況次第では、悪手も時に鬼手と変わる事があるのだから。

しかし、大半の指揮官はそこまで考えないか、兵士の士気を高める為に許可するのが普通なのだ。

大地世界の支配階級層の視点で考えると、兵士に金を払わなくてよい分、略奪を許可した方が良いと思っているのだ。

所詮は他人の財産であり、自分の取り分が減る訳でもないのだから。

兵士としての立場から見ても、為政者の立場から見ても、略奪を率先して止めようとはしないだろう。

(ましてや、相手がブリタニアやタルージャといった、大陸南部の国々となれば……)

西方大陸南部に割拠する国々は、常に隣国との戦に明け暮れている関係もあり、非常に戦慣れしている。

特に、タルージャ王国は南部諸王国の中でも指折りの戦上手として知られているのだ。

(だが、彼等が精強な兵士である理由……その理由は、南部諸王国が潜在的に抱えている貧しさに尽きるだろう)

南部諸王国で暮らす民にとってみれば、他国への略奪行為は戦略や戦術ではない。

文字通り、自らが生き残る為の手段に等しい。

それは日本の戦国時代に於いて最強とも謳われた武田信玄が率いる武田家と状況的には似ているだろう。

「武田家みたいなものか……」

亮真の口から、ふとそんな言葉が零れる。

それは何気ない呟きだったが、エクレシアの耳に届いたらしい。

「武田家？　ローゼリア王国の貴族家ですか？」

聞きなれない名前に戸惑う様な表情を浮かべながら問い掛けるエクレシア。

そして、そんなエクレシアに対して、亮真は笑みを浮かべながら首を横に振った。

「いや、俺が生れ育った国で、昔最強と言われた家の名前さ……」

武田家は、日本の戦国時代に甲斐の国を治めていた大名だ。

現在の山梨県は葡萄や甲州ワインなどが有名だが山間の国である事も影響して、戦国時代の甲斐という国は農業生産には適さない土地だったらしい。

（まぁ。甲斐の金山があった事で有名で、甲州金は武田家に大きな富を齎したって話だから、食料を買うって選択肢もあっただろうが……）

ただ、日本の戦国時代である十五世紀は当時、小氷期とも呼ばれる気候の寒冷化によって、農作物が育ちにくい環境だったことが分かってきている。

つまり、日本中はおろか、世界規模で飢饉が起こりやすい状況だったのだ。

（そして残念な事に、物が売られていなければ、幾ら金を持っていようが無意味……）

その為、武田家は自らが生き残る為に食料を求めて外征を繰り返したと伝えられている。

そしてその苛酷な環境で生き抜こうという意志と、数多の戦争が武田家を戦国最強と言われるまでに成長させたのだ。

確かに、貧しさから他国に攻め入って略奪を繰り返すという事実も、兵を育てる上で大きな要因ではあるのは否定出来ない。

兵士一人一人の、実戦経験が圧倒的に多いのだからそれは当然の事だ。

それはまさに、南部諸王国の置かれている立場に近いものがあるだろう。

いや、亮真の見たところ、南部諸王国が置かれている状況は、武田家よりも過酷かもしれない。

そもそも、南部諸王国を構成する各国々の領土は決して大きくないのだ。

（いや、大きくないどころか、西方大陸の各地方を単独で統治するオルトメア帝国などから見れば、ブリタニアもタルージャも十分の一以下の領土しかない……）

勿論、大陸南部は地方という視点で見れば、他の地方と比べて取り立てて小さい訳ではないのだ。

しかし、その南部と呼ばれる地方を十数個に分割して、それぞれを別の国王が支配しているとなれば、話は大きく変わってくる。

また、南部は農業に適した水利に恵まれた平野というものが少なく、国土の多くが怪物達の支配する森林地帯。

特に、タルージャ王国などは、その割合がかなり大きい。

水利に恵まれていない事もあり、森を切り開いて農地を開墾するという選択も、中々に選びにくい地形というのも悪条件と言えるだろう。

（それに加えて、特産品という物が無いらしいからな）

ローゼリア王国の様に肥沃な大地を持っている訳でもないし、ミスト王国の様に他大陸との貿易が盛んな訳でも、ザルーダ王国の様に鉱山に恵まれている訳でもない国々。

領土の狭さに加え、取り立てて目立った資源も無いとなると、国力を上げるのはかなり難しいだろう。

強いてあげるとすれば、豊かな森林を生かして林業を主な産業にするか、漁業を行うくらいのものだろうか。

しかし、西方大陸南部全体が比較的緑豊かな森林地帯である事を考えると、林業を国家の主産業にするのは難しいだろう。

木材を売るにしても販売先が無いのだ。

（少なくとも、南部諸王国の各国々に輸出したところで商売にならないだろう）

自国内で賄える商品を、他国から持ち込んだところで、売れる訳が無いのだ。

需要が低い木材を売ろうとしても、採算など取れる筈もない。

（商売の原則は需要と供給だからな）

そして利益を出す為には、少なくとも西方大陸南部と呼ばれる地域の外にまで運ばなければならない事になる。

しかし、販売先として候補に挙がる国は限られる。

他の大陸迄船を出すのであれば話も変わるだろうが、木材を船で他大陸に運んで利益が出る程の高値で売る事はまず不可能なのだ。

（そうなると、選択肢としては東部三ヶ国か、中央部のオルトメア帝国……もしくは西のキルタンティア皇国になる訳だが……まぁ、売れないだろうなぁ）

オルトメア帝国やキルタンティア皇国は、広大な領土を保有する強国だ。

自国の領土内には幾つも森林地帯が点在しており、必要に応じて伐採する事が出来る。

その状況では、無理に他国から木材を輸入しなければならない理由は無いだろう。

そしてそれは、ミスト王国をはじめとした東部三ヶ国と呼ばれる国々でも同じ事が言える。

その結果、南部諸王国では国の経済を潤す事の出来る主産業というべきものが育たなかったのだ。

「経済力という観点で南部諸王国全体を見た場合、多めに見積もったとしても、我が国の半分程度が関の山でしょうね」

南部諸王国を構成する各国ではない。

西方大陸南部全体と比較しても、他大陸との海上貿易を行っているミスト王国には経済力という観点では敵わないのだ。

（基本的に国の力は人口と領土の広さ、そして経済力などの合計値によって決まる……そして、国力がすなわち軍事力の大きさに比例するのが普通だからな）

富める者は強く、貧しきものは弱い。

それは極めて自然な結論。

「貧しいってのは悲しいねぇ」

その言葉には万感の想いが込められている。

亮真自身、もしボタンが一つでも掛け違っていたら、ウォルテニア半島で立ち枯れる羽目になったかもしれないのだから。

ただそう考えた場合、南部諸王国に属する国々は未だに独立性を保てているという事実が問題となる。

それはある意味、奇跡を通り越して不自然とすら言えるだろう。

（実際、そこには西方大陸における国際情勢的な各国の思惑があるのだろうが……ね）

大陸南部が何の産業もない貧しい土地である事は事実だが、それはあくまで現時点での話でしかない。

（もし仮に、怪物達を物理的に排除出来るだけの軍事力を持った存在が、森林地帯を切り開き農地の開墾を行えば状況は変わってくるからな）

国力に余裕があれば、それは決して不可能ではない。

また、大陸中央部を支配するオルトメア帝国には海に面した領土が無い為、他大陸との貿易には他国を経由する必要が有る訳だが、南部の一部でも占領出来れば、それを足掛かりにして商業を活性化させる事も選択肢として選ぶ事が出来る様になる。

その結果、海上貿易に乗り出したオルトメア帝国の国力は、間違いなく増大する事になるだろう。

（そしてそれは、この西方大陸の覇権を狙う三大強国の国王や為政者にとって自明の理）

だからこそ、オルトメア帝国やキルタンティア皇国が南部諸王国を征服しようという動きを見せれば、他の国が必ず横槍を入れてきた。

実際、十数年前にオルトメア帝国が南部諸王国に対して侵攻を始めた際には、キルタンティア皇国やエルネスグーラ王国が国境地帯に軍を進めている。

その結果、短期での占領は不可能と判断したオルトメア帝国の侵攻軍は、撤退する羽目になったのだ。

これこそまさに、国際情勢のパワーバランスを維持しようと、互いに牽制し合っている証拠だろう。

ただ、南部諸王国が独立性を保っていられる理由は、そういった国際情勢だけではないのも事実だ。

（確かに、南部諸王国の兵士一人一人が純粋に強いというのは、間違いないだろうがね）

だが、それだけで何年も大国の脅威から自国の領土を守り続けるというのは流石に難しいだろう。

本来、圧倒的な国力差から考えれば、当の昔にオルトメア帝国やキルタンティア皇国に併合されていてもおかしくないのだ。

(南部諸王国に属する国々が独立性を保っていられる理由……それは、西方大陸南部の森林地帯で暮らしている民の存在だ)

ただ、彼等が南部諸王国の民かと問われると、微妙な存在ではあるらしい。

(彼等は国という枠組みに縛られない存在であり、国に税を支払う事も無いし、兵役や労役を受け入れる事も無いという話だから、南部諸王国の民かと問われると微妙なところだろう……化外の民って奴かねぇ？　それとも昔あった賤民とかって奴なのか……たしか、五色の賤だったかな？)

亮真の脳裏に、日本史の授業で聞いたにわか知識が過る。

(ただ、彼等が深い森の中に独自の集落を作り、獣や怪物達を狩る事で生きる狩猟民族なのは確からしい)

勿論、そんな存在を認める程南部諸王国の国々も甘くはないが、彼等はその狩猟で培った戦闘能力と、怪物達を飼育繁殖させた上で使役するという特殊な技能を持つ事で、各国の支配を拒み続けている。

(その上、彼等は南部全域に散らばって暮らしているが、横のつながりが強固という話だからな……)

国家を形成している訳ではないらしいので、南部諸王国側すると彼等は部族民などと軽く見られているようだが、その本質は南部全域を支配していると言ってもよいのかもしれない。

憎まれてはいるのだろうが、それ以上に南部諸王侯の民からは恐れられてもいるし、頼られてもいるのだ。

(それは、オルトメア帝国やキルタンティア皇国が南部諸王国に攻め込んだ際には、彼等が南部諸王国に傭兵として雇われる事からも推察出来るだろう)

彼等と南部諸王国の各国々との関係は、かなり流動的であり、他国の人間では中々に実情が掴み切れない。

実際、今から二十年程前にアレクシス・デュランがブリタニア王国領内へ攻め入った際には、彼の化外の民達の反撃にあい、かなりの損害を出した結果、最終的には撤退にまで追い込まれているのだから。

唯一の救いは、化外の民達は自分達の領域である森林地帯から外に出たがらないという事だ。

(縄張り意識が強いのか?　それとも、もっと他に理由があるのか？　まぁ、過去に一度だけ、例外があったたって話も聞いたが……)

とは言え、たった一度の例外が有るにせよ、基本的に彼等化外の民は外征に参加する事は無いのだ。

それは、南部諸王国に攻め込まれる側の国で生きる人間からすると、朗報以外の何物でも無いだろう。

それに、亮真にそんな素朴な疑問の答えを探している余裕など無い。

今、亮真が最も早急に対策を講じなければならない事象はただ一つ。

城塞都市ジェルムクの陥落を阻止する事だけ。

だからこそ、亮真はエクレシア・マリネールに最も重要な情報に関して尋ねる。

「それで、ジェルムクへの援軍はどうなっていますか？」

その問いを聞いた瞬間、エクレシアの顔が強張った。

そして、ゆっくりと首を横に振る。

それだけで、亮真は状況を直ぐに察した。

亮真は両腕を組むと、顔を天井の方へと向けながら、静かに両目を閉じる。

（まいったな……手紙に書かれていたから、状況は分かっているが）

それは、戦争の当事国としては、あまりに悠長な対応だと言えるだろう。

何しろ、ジェルムクには二万の兵が今でも籠城している。

それもこれも、ミスト王国が援軍を送ってくれると信じているからなのだ。

（普通なら、援軍がこれほど遅れた時点で、ジェルムクの兵が敵に投降してもおかしくはない）

それをしないのは、自分達が投降すれば、王都エンデシアまでの村々が灰燼に帰すと分かっている為だろう。

本来であれば、早急にジェルムクへ援軍を派遣するべきなのは明らかだ。

後詰の重要性は、どんな兵法書や戦術の教科書にも書かれている常識なのだから。

それを、エクレシア程の女が理解していない訳が無い。

（まさか、このタイミングで北部と南部の確執が出るなんて……な。【暴風】と呼ばれる程の女傑でも、政略には弱かったか……）

亮真としては、あまりエクレシアを責めたくはないのだ。

しかし、どうしても意識が其処に向かってしまう。

問題は、ミスト王国という国が育んできた歴史だ。

そして、御子柴亮真という男が仕掛けた、とある策謀の結果でもある。

そういう意味からすれば、この状況を産んだのは亮真自身ともいえるのだ。

少なくとも、ミスト王国内に存在していた確執を助長した事は事実だろう。

（問題は、ミスト王国の貴族達が抱く不満をどうするかだが……はてさて……）

ミスト王国内に存在する確執。

それは、南北の経済格差に端を発している。

（ミスト王国という国の領土は、南北に細長い。そして、国土の北と東は海に面しているという事実は、船を使って貿易を行いやすいというだけではなく、国土防衛という観点からかなり有利だ……）

実際、精強な海軍を保有するミスト王国にすれば、国土の北と東は殆ど警戒をしていない。

制海権さえ保持出来ていれば、北と東から敵に襲われる心配はまずないと考えているからだろう。

そして実際、その考え方は正しい。

事実、ミスト王国が西方大陸最大の交易都市として名高いフルザードが経済的繁栄を謳歌しているのは、制海権を確保しているからなのだから。

そして、その経済的恩恵はミスト王国全体に広がっている。

ミスト王国が西方大陸全体を見回しても、屈指の経済大国である理由だろう。

ただし、そんなミスト王国でも、全ての人間が等しく経済的恩恵を享受出来ている訳ではないのだ。

どうしても、商業の中心地である交易都市フルザードとその周辺に富が集中しやすいというのが現実なのだ。

（現代社会だって、東京だけが経済的に豊かになって、地方を切り捨ててきたと、散々に言われていたからな……）

富める者はより富み栄えるし、貧しきものは更に貧しくなっていく。

弱肉強食の理は、経済の世界でも同じなのだろう。

それに加えて、国防の観点でも、ミスト王国の西部と南部に領地を持つ貴族は負担が大きいのだ。

（陸続きであり、隣国と国境が直に接している西と南の貴族は、領内の防衛をどうしても重視せざるを得ないからな）

砦を築き、城壁を補修し、兵を雇って訓練する。

それが領主である貴族の責務ではあるが、その経済的な負担は大きい。

その為、ミスト王国の貴族達は自らの領地が、王国の北東部と南西部のどちらにあるかに因って派閥を形成してきた。

軍事に特化しミスト王国の国防を担うと自負してきた南西派と、海外交易を重視し、制海権の維持と経済的な発展を重視する北東派の二つだ。

だが、ここ数年で、ミスト王国内の政治的バランスが大きく変わった。

それは、ミスト王国の西側に位置するローゼリア王国との関係が変わってきた事が原因だ。

近年ではオルトメア帝国の侵攻を阻む為に手を組む事が多く矛を交える事はほぼほぼ無くなってきていた上、今では御子柴亮真の外交戦略に協力した事で同盟国となっているのだ。

その為、ローゼリア王国との交易は盛んになってきており、西に領地を持つ貴族家もその恩恵を受ける様になってきた。

ミスト王国の誰もが経済的に豊かになってきた訳だ。

（南部諸王国との戦を担ってきた、南の貴族達を除いて……）

勿論、それは地政学的には致し方の無い事ではある。

少なくとも、国政が悪いとか、誰かの悪意で南の貴族達だけが割を食っている訳では無いのだから。

とは言え、それで納得出来るかと言われると難しいところがあるだろう。

火種は以前からミスト王国の中で燻っていたのだ。

そして今回、ブリタニアとタルージャの連合軍が城塞都市ジェルムクを攻めた事で一気に燃え上がった。

更に問題がややこしいのは、南部の貴族達が国防を担う代償として、王国から軍備費の補助を受けていたという点だ。

（そして、その補助の原資が北部と東部の貴族達から出ているという点が、更に話をややこしくしている）

勿論、名目としては、ミスト王国からの援助という形をとっている。

だが、本質的には北東派貴族に、国防の為の防衛費として特別な税を課し、それを財源としているのだ。

勿論、それ自体は何も問題などない。

少なくとも、公平性を保つ手段として、一定の効果は期待出来るだろう。

だが、それはあくまでも戦が起きていない平時の話。

（いったん戦時となれば、問題になるだろうな……）

この場合の問題は、国を守るという行為に対して、それを担う人間へ金銭を支払った事だ。

（より正確にいうと、支払った側の権利と義務に対しての意識が問題だ）

ブリタニア王国の脅威から国土を守る為に軍事費が増大し困窮に喘ぐ南部に対して、経済的に余裕がある北部や東部が資金を援助というところまでは良いのだ。

だが、資金を提供したことで、両者の間に上下関係が生まれてしまった。

（北部や東部の貴族にしてみれば、自分達は金を出すという事で既に義務を果たしたと考えているのだろうな……ましてや、誰だって戦になんて出たくはないだろうし……）

彼等にしてみれば、こういう事態に際して、南部が盾になってくれると思うからこそ、平時から軍備費を補助してきたという意識が根底に有るのだ。

南部諸王国の様に、他国から食料や金銭を略奪するしか生き残る術がない国ならば、こんな事にはならないだろうが、ミスト王国に暮らす大半の人間は、無理に戦に出る必要など無い。

他に幾らでも生きる術が有るからだ。

（それに加えて、ジェルムクが未だに陥落していないという事実が、さらに彼等のそんな心理に拍車を掛けている）

北部や東部の貴族達にしてみれば、対岸の火事で済ませたいのだろう。

この結果、北部や東部の貴族達は今回の戦に対して、援軍を出す事を断った訳だ。

勿論、その主張自体は、それなりに筋が通ってはいるのだ。

亮真としても、その主張が間違っていると言うつもりは無かった。

（確かに、長年前線で南部諸王国の侵攻を食い止めてきたのは南部の貴族達。それを考えれば、今回も南部貴族が主力になるべきという主張は分からなくはない……その為に、防衛費を援助しているのだと言えばその通りだ……だが、それだけではないんだろうなぁ）

しかし、そこに固執して援軍の編制が遅れれば、如何に堅固な城塞都市でも陥落してしまいかねないだろう。

亮真の口から深い溜息が零れる。

エクレシアから伝え聞いた情報と、現在の状況から導き出した答えだが、亮真には彼等の根底に隠された意図が透けて見えてしまった。

(彼等が援軍を出したくない根本的な理由は、権利と義務の話だけでは無いんだろうな……)

単に自分や自分の身内の命を戦場で危険にさらしたくないという保身を隠す為に、権利と義務を笠に着ているだけに見えてしまうのだ。

勿論、人間の心理として理解出来ない訳ではない。

だが、亮真は其処に人としての格の低さや、卑しさを感じてしまう。

(そもそも、自分の国が現在進行形で、他国に攻められているというのになぁ……自分は命を懸けて国を守りたくはないので、金を払うから自分以外の誰かにその危険な汚れ仕事をやらせるってか……大した根性だな……)

敵国に攻められている味方の援軍が派遣出来ない理由として、これほど虚しさを感じさせるものも無いだろう。

しかし、人間に対しての虚しさを感じてばかりも居られないのだ。

(問題は、どう対処するかだが……)

とは言え、その結論は既に出ている。

一分一秒でも惜しいこの状況だ。

ミスト王国貴族達の利害関係を調整する事も、愛国心に訴えて軍を編制させる事も不可能ではないだろうが、時間が掛かるのは目に見えていた。

（無理だな……今からこの国の貴族を説得して回る時間はない……正攻法で話を進めようとしたら、更に一ヶ月は掛かっちまうだろう）

勿論、敵の連合軍が城塞都市ジェルムクを包囲して既にかなりの時間が経っている。

そういう意味からすれば、もう一ヶ月持ち堪えられない事も無いかもしれない。

だが、それはあくまでも何の根拠も無い予想。

そして、その予想が当たる事を前提に戦略を考える軍師は居ないし、亮真もこのまま手をこまねいているつもりはなかった。

（正直、あまり気乗りはしないが……仕方がないか……）

それはかなり危険な策。

場合によっては、ミスト王国とローゼリア王国の国交に亀裂が生じる可能性もあるだろう。

それに、エクレシアが協力を拒む可能性も考えられる。

（何しろ、俺が単独で援軍に向かうって策だからな……）

それは本来有り得ない選択。

確かにローゼリア王国とミスト王国はエルネスグーラ王国を盟主とした四ヶ国連合を形成している。

だが、それぞれが国王を戴く別の国だ。

ミスト王国軍の戦に、御子柴大公軍が援軍として参加するというのは問題ないが、御子柴大公軍だけがジェルムクの救援に赴くというのは筋が通らないだろう。

また、現時点では亮真はミスト王国国王のフィリップとの謁見を行っていないというのも問題だった。

国家の主権を侵されたとミストの貴族達が騒ぎ出す可能性もあるだろう。

それに、他にも懸念はある。

（俺はまだミスト国王との面識が無い。一度でも顔を合わせていれば、もう少しやりようがあるが……）

正式な手続きを取らなくとも、トップが承認すればそれで認められるという事は世の中にままある。

現代社会でも営業がワンマン社長と直接交渉して契約を取り付ける事も多い。

ただ、そういう交渉を行う際には、事前の根回しが必須だし、最低限相手の人となりは確認が必要になる。

それを省くとなれば、それはまさに博打だ。

（だが……他に手が無い以上は仕方がない……それに、今直ぐ軍を動かせば、敵の意表を突けるかもしれない。敵もまさか、国王との謁見を省いて、軍を動かすとは予想しない筈だ）

深いため息が亮真の唇から零れる。

そして、亮真はゆっくりとエクレシアの方へと視線を向けた。

その目に宿るのは冷たく硬質な鋼の光。

その体から噴き出るのはまさに、戦場というものを知る人間だけが纏う何かだ。

その視線にエクレシアは一瞬、体を小さく振るわせた。

「俺に策が有ります……」

その言葉に、エクレシアの顔に喜色が走る。

それはまさに、地獄で苛まれる亡者の前に、蜘蛛の糸が垂れてきた様な心境。

だが、その喜びは続けて放たれた亮真の言葉によって打ち砕かれた。

「正直、あまり気乗りはしませんし、エクレシアさんを困った立場に追いやる可能性もありますが……どうします?」

だが、それはエクレシアにとって最後の希望。

ほんの数秒躊躇う様子を見せた後、エクレシアは亮真に向かってハッキリと頷いて見せた。

それが、ミスト王国の苦境を救う道だと信じるが故に。

第四章　牙を剥く双頭の蛇

城塞都市ジェルムクを囲むように設けられた野営地。

無数の天幕が平野を埋め尽くし、兵士達が隊列を組んで行進している。

彼等の握る槍の穂先は氷の様に研ぎ澄まされ、陽光に反射していた。

城門を塞ぐ様に設けられた野営地は、街道を跨ぐ様に設けられており、城内からの脱走者や伝令を逃がさない為の壁であり柵の役目を果たしている。

勿論、如何に六万もの大軍とは言っても、一つの都市を完全に包囲するというのは、流石に現実的ではないだろう。

ましてや、対象はミスト王国南部における防衛の要である城塞都市ジェルムクなのだ。

要所要所を塞ぐ事には成功しても、蟻の這い出る隙間もない程の包囲網とは到底言い切れないのは当然だった。

だが、その事は連合軍を率いる将達も十分に理解している。

そしてその対応策も既に実施されていた。

配置に穴が開いている事を分かっていれば、その穴を塞ぐ様に見張りを立て、警戒網を敷けば済むだけの話なのだから。

実際、城塞都市ジェルムクを包囲してから今日までの二ヶ月近くもの間、ブリタニア王国とタルージャ王国の連合軍は救援を求める伝令も、逆にジェルムク周辺の情報を得ようと送り込まれた密偵も、等しく物言わぬ躯としてきたのだ。

また、彼等はジェルムクの戦況を封じ込める一方で、ミスト王国側の情報収集には余念がなかった。

捕虜達に対して連日行われる尋問と、近隣への密偵の派遣により、連合軍側はミスト王国側の情報をかなり詳細に把握している。

ミスト王国内における経済格差によって生じた貴族達の対立と、それに端を発したジェルムクへの援軍の遅延。

そして、ローゼリア王国より、御子柴大公率いる軍勢が援軍に向かっているという事実。

ただ、そのどちらも連合軍の将にしてみれば、当初より想定されていた幾つかのパターンの内の一つでしかない。

彼等にとって城塞都市ジェルムクは、より大きな獲物を誘き寄せる餌。

ミスト王国の派遣した援軍を野戦で打ち破る事こそが、今回のジェルムク侵攻における目的の一つなのだから。

そして今、様々な思惑が交錯する中、城塞都市ジェルムクは餌としての役目を終えようとしていた。

そして運命の日が訪れる。

エクレシア・マリネールとの会談を終えた後、御子柴亮真と彼の率いる四万の軍勢が王都エンデシアを発って二日が過ぎていた。

その日は、朝方から生憎の雨。

最初は小雨程度の降り方だったのだが、今では大分激しくなってきている。

恐らくこれから行われる激戦を前にして、神が大地を清めようとしているのだろう。

此処はジェルムクから北に数キロほど離れた林の中。

以前なら、近くの村落の住人が薪を拾いにやってくる共有林だが、今日は物々しい鎧兜で身を固めた集団に占拠されていた。

そんな中、御子柴亮真は一人、黒染めの甲冑を身に纏い鬼哭を腰に佩いた姿で周囲を見回していた。

(しかし、この軽量化と体力維持の術式が付与された鎧や馬具は最高だな……本来なら疲労困憊して動けないだろうに、これからすぐにでも戦闘に入れそうだ……ネルシオスさん達に制作を頼んだ時には、代価として大分煙草や紅茶を強請られたが、それだけの価値はあるな)

通常ならば、王都エンデシアの南に位置する城塞都市ジェルムク迄は五日。

移動後に戦闘を行う事が前提の行軍という意味で言うと、六日を見た方が確実な距離だ。

それを、御子柴亮真は僅か二日で踏破してのけた計算になる。

それはまさに神速の行軍と言って良い。

しかし、本来それ程の無茶をして時間を短縮したとすれば、兵士達の疲労が激しくなる。

仮に戦場に辿り着いたとしても、直ぐに戦闘行為が出来ず、休息の時間が必要になってしまうだろう。

だから大抵の将軍は、兵士の疲労を抑えつつ行軍するのだ。

それはまさに、軍を率いる上での常識。

しかし、黒エルフ族の付与法術師が作成した鎧兜が、そんな常識を打ち砕き、不可能を可能にしている。

（これで、敵軍の予想を裏切った筈だ……）

御子柴亮真がミスト王国へと援軍にやってきたという情報は、既にブリタニアとタルージャの連合軍側にも伝わっている事だろう。

だが、彼等もまさか、国王であるフィリップにすら謁見しない状態で、軍をジェルムクへ向けるとは想像していない。

一歩間違えれば、それはローゼリア王国とミスト王国との間の友好関係に罅が入りかねない行為なのだ。

折角、遠路はるばる援軍に赴いて、友好国との関係をこじらせるなど、本末転倒以外の何者でもない。

だが、だからこそ戦術的にやる意味が生じる。

（しかも、エンデシアから六日は掛かるところを二日で駆け抜けた……敵軍はこちらの動きを見きれていない筈だ）

そんな事を考えながら、亮真は南の空を睨む。

その視線の先に浮かぶのは空全体を覆い尽くす黒い雲だ。

(雨足が強くなりそうだ……こっちも想定通りだ……な)

戦をする上で、天候は非常に重要な要素だ。

場合によっては、兵士の強さや、装備の性能よりも勝敗を左右する要因となり得るのだ。

それは、御子柴浩一郎より伝えられた御子柴流の兵法の中でも、きちんと記載されている。

実際、洋の東西を問わず、世界中のいたるところで、天候を左右する為に祈祷師や呪術者と言った存在が、戦の前に儀式を行い、自然を味方にしようとした時代が確かにあったのだから。

勿論、祈祷師や呪術者が本当に雨や風を呼び寄せた訳ではないだろう。

だが、呼び寄せられなかったにせよ、呼び寄せたと思わせる程度に芝居が出来るくらいの知識は持ち合わせていたに違いない。

まさに、卵が先か鶏が先かといった所だろうか。

(雨風を読む法か……そんなもん、現代日本の何処で使うんだって思っていたが……まさか、こうして異世界に召喚された結果、こんなに役立つとは思わなかったぜ……)

それはそうだろう。

現代社会では天気予報などの情報が瞬時に得られるのだ。

天気予報士になるか、漁師にでもならない限り、日常生活の中で天候をそこまで気にする必要などない。

気にするとすれば、外出する際に傘を持って行くかどうかを判断するのに、空を見上げる程度だ。

それに、予想が外れたところで大した痛手でもない。

精々が、何処かで雨宿りをするか、コンビニでビニール傘を買う程度の出費で済む。

そう考えた時、態々風や雲の動きを読み、予測する為の知識にどれだけの価値を見出す事が出来るだろう。

ただ、知識の習得とは得てして、そういうものらしい。

一見したところでは、何に使うのか分からない知識や、利用価値が無いと思われる知識は現代社会に星の数ほど存在しているが、それらは別に無駄ではないのだ。

単に活用すべき機会に巡り合わなかっただけの事でしかない。

そして今、亮真が浩一郎から伝えられた無駄知識の一つが、こうして陽の目を見たのだから、人生は面白いと言える。

(今度会ったら、一言謝っておくか?)

一瞬、そんな考えが脳裏を過り、亮真は思わず苦笑いを浮かべた。

とは言え、今の亮真はそんな人生の機微を何時までも噛み締めてばかりもいられない。

何しろ、これから行われる戦の趨勢いかんでは、今後の戦略を根本から練り直さなければならない事態にもなりかねないのだから。

そんな事を考えていると、亮真の背後から馬を寄せてきたローラ・マルフィストが、伝令役の伊賀崎衆から齎された報告を伝えた。

「亮真様……クリス様、レナード様共に、所定の位置に待機中との知らせが参りました。我々の動きに合わせて予定通り動くとの事です」

その言葉に、亮真は小さく頷いて見せる。

「そうか、分かった……なら、手筈通りに頼むと伝えてくれ……」

とは言え、その心に過るのは一抹の不安。

(二人と組むのはこの戦が初……か。クリスもレナードも腕利きとは聞いているが……)

勿論、亮真もクリス・モーガンと、レナード・オルグレンの力を信じていない訳ではない。

クリスとはローゼリア王国の内乱時、引退していたエレナの下にかつての副官だった祖父の言いつけで参陣した際に出会ったのが初。

それ以来、エレナの下で堅実に勤め上げてきた事は亮真も良く知っている。

また、先日は一騎打ちを演じてその槍の腕前の程は十分に分かっているのだ。

そんなクリスと比べると、レナードの方に関しては些か判断材料が少ないのは確かだろう。

確かにレナード・オルグレンは宰相であるマクマスター子爵に並ぶ程の武人として名高い男だ。

だが、そうはいっても戦場と試合は違う。

先日のローマーヌ子爵を追い込んだ一件で見せたように、謀の才能が有る事は分かっているが、武人としての才覚や将としての力量は未知数というより他に無い。

（まぁ、そうはいっても、エレナさんからのお墨付きもあるから、問題がある訳じゃないけどな）

亮真も、二人の能力に対して、本気で疑問を持っているのならば、そもそもこの大一番で抜擢などする筈もない。

とは言え、御子柴大公家の武を司る二枚看板であるシグニス・ガルベイラとロベルト・ベルトランと比べると、不安を感じない訳がないのだろう。

（まぁ、あの二人は実績があるからなぁ）

だが、シグニスとロベルトの二人は、リオネと共にもっと苛酷な戦場に赴いて貰っているのだ。

（それを思えば、文句なんて言えないか）

それに、今はもう思い悩む時期を過ぎている。

（目の前の戦に集中しないと……な）

そして、亮真は軽く目を閉じると天を見上げた。

戦の前に精神統一をするのだろう。

深く息を吸い込むと、体中の空気を入れ替えるかのように、ゆっくりと口から息を吐き出す。

それに伴い会陰にあるムーラーダーラ・チャクラが回転を始める。

それは、この大地世界で武法術と呼ばれる、人を超えた術法。

その瞬間、何処か穏やかな表情を浮かべていた亮真の空気が一変する。

それは、平時から戦時へとスイッチが切り替わった証。

(一先ずは此処までだな……)

それは車で言えばローにギアを入れたようなものだろうか。

体中に生気が漲るのを確かめ、軽く両手を握り締め力の入り具合を確認する。

そして、亮真はもう一人の側近であるサーラの方へと視線を向けた。

「馬に枚を銜ませたか?」

「はい……確認済みです」

馬の嘶きを防ぐ為に枚を馬に銜ませるのは、夜襲を行う上での定石。

今回は、既に夜が明けているので夜襲とは言えないが、雨という目くらましを利用して一気に襲い掛かる予定なのだ。

「まぁ、馬の嘶き程度なら、この雨の音で掻き消されるかもしれないが、やはり此処は安全策を取るべきだからな」

何しろこれから行う大博打には、東部三ヶ国全ての国々の命運が掛かっていると言っても過言ではないのだから。

気分はまさに、桶狭間の戦いに臨む織田信長といった所だろうか。

実際、本当か嘘かは分からないが、桶狭間の奇襲が成功したのは大雨だったからだという説もあるのだ。

(或いは、厳島の戦いに臨む毛利元就か?　それとも川越城の合戦で上杉勢を打ち破った北条氏康か？）

　そのどれもが、日本の戦国時代に興味を持った人間であれば一度や二度は耳にしたことがあるであろう戦だ。

　勿論、それらが何処まで真実なのかは亮真自身も分かりはしない。

　だが、誇張の有無はともかくとして、圧倒的な劣勢を自らの武と知略で覆して見せた日本史に残る奇襲である事は事実だろう。

　とは言え、亮真はそんな日本史に残る英雄と自らを同一視したり、比肩したりする存在だなどと自惚れている訳ではない。

　それではただの痛い奴でしかないだろう。

　だが、幼少期に祖父である御子柴浩一郎が語ってくれた歴史上の人物たちの説話は、御子柴亮真という男を構成する上での基盤となっているのも事実だ。

　ましてや、今の亮真は日本で暮らしていたただの高校生ではないのだ。

（本心を言えば、正直あやかりたいくらいだ）

　拝んで御利益があるなら、亮真は喜んで彼等を崇め奉る。

　それで勝利が得られるのであれば安いものだ。

　だが、能力的にはさておき、亮真がこの戦に対して臨む覚悟だけは、そんな英傑達に勝るとも劣らないものを持っていると自負していた。

　何故なら、亮真の双肩には、万を超える兵士とその何倍、何重倍にもなる民の人生が掛かっているのだから。
そして亮真は、静かに腰に佩いた鬼哭を抜き放つ。
その時、鬼哭の刀身から、女のすすり泣く様な嘆きが雨音の中に交ざる。
鬼哭も主と同じ様に、高揚しているのだろう。
そして亮真はそんな鬼哭に対して軽く頷いて見せる。
そして、背後に付き従う双子に向かって唇を吊り上げて嗤った。
「サーラ、ローラ……俺の援護を頼むぞ。久しぶりに本気で暴れるからな」
それは、血に飢えた悪鬼の顔。
或いは、獲物を一飲みにしようという大蛇の嗤いか。
まさに、妖刀と恐れられる鬼哭の主に相応しい嗤いだろう。
だが、そんな凶相を前にしても、マルフィスト姉妹には動揺など微塵もない。
二人もまた、悪鬼に仕える冷徹にして可憐な鬼なのだから。
「「お任せください！」」
その言葉に頷くと、亮真は鬼哭を天高く掲げた。
それは無言の号令。
その瞬間、周囲に待機していた兵士達が一斉に馬に跨る。
彼等の体から放たれるのは、烈火のごとく燃え上がる戦意だろう。
「行くぞ！」

そして、亮真は鬼哭をゆっくりと振り下ろした。

まるで、目の前にいる敵軍を切り裂くかの様に。

そして、金と銀の鱗を持つ双頭の蛇は、城塞都市ジェルムクへ向かって静かに動き出したのだ。

自らが仕掛けた罠に獲物が掛かるのを待ちわびている身の程知らずな狩人に、どちらが獲物なのかその身に刻み込む為に。


ブリタニア王国とタルージャ王国の連合軍六万は、ジェルムクの東西南北に設けられた四つの城門の外に広がる平野に陣を張って、雨を凌いでいた。

天空から降り注ぐ雨粒が、白い線となって大地に降り注いでいる。

大地を打ち据える音がハッキリと聞こえる程の激しさだ。

数日前から黒い雨雲が空を覆っていたのだが、遂に降り出したらしい。

時刻は朝の八時くらいだろうか。

だが、既に部隊長達から本日は天幕で待機するようにとの指示が出ている。

流石にそんな雨の中で、攻城戦を行おうという人間はいないのだろう。

その為、くじ運の悪い少数の歩哨を除き、大半の兵士が与えられた天幕で時間を潰していた。

とは言え、此処は戦場だ。

娯楽施設などないし、彼等の多くは文字も読めないとなれば、本を読む事すらも出来ない。

必然的に、彼等が出来る時間潰しの手段は大抵の場合三つしかない。

武具の手入れをするか酒を飲むか、そうでなければ、粗末な毛布を被って昼寝でもするしかなくなる。

しかし、午睡ならばともかく、今はまだ夜が明けてから間もない時間帯だ。

幾らなんでも、今から寝るというのは難しいだろう。

とは言え、武具の手入れに掛かる時間もたかが知れている。

余程の激戦を潜り抜けるか、普段から碌に手入れをしない無精者でもない限り、一時間か二時間もすれば十分に手入れは行き届くのだ。

だから、大半の兵士にとって、手入れは既に終わってしまっている。

そうなると、夜の就寝時間まで十時間近くを持て余す事になるのだ。

必然的に、酒でも飲んで憂さ晴らしをするしかなくなる。

そして、その辺の兵士達の心理は軍の指揮官も弁えているので、こういう場合は飲酒の許可が出るのが通例。

まさに、士気を保つ為の必要悪とでも言った所だろうか。

とは言え、飲酒の許可が出ても、それには限度というものがある。

雨で戦が出来ないので天幕内で待機中とは言え、本来ならば軍務の最中なのだ。

深酒など以ての外なのは当たり前の話。

万が一にも敵軍が攻め寄せてきた際に、酔っぱらってしまって戦えませんでしたでは本末転倒なのだから。

当然、一軍の将ともなれば、その辺の匙加減は心得ている。

そうなると兵士達は、部隊長に指示された配給係より渡された、一升瓶程の大きさの酒瓶を十人程で舐める様に飲んで時間を潰すしかなくなる訳だ。

勿論、そんな程度で日々の過酷な戦闘に耐え抜いてきた兵士達が満足出来る訳もない。

だが、支給された以上の酒を飲むと最悪の場合は死罪になる。

その為、余程酒に目の無い呑兵衛か命知らずの愚か者以外は、不満を口にしつつも、与えられた酒で我慢するのが日常の光景だった。

それでも、こんな土砂降りの中で歩哨を務める不運な奴らに比べれば、彼等は随分と幸運と言えるだろう。

だが、この場に居る兵士達は更にそんな幸運な連中の中でも更に運が良かったらしい。

彼等には第四の選択肢が存在していたのだから。

ジェルムクの東西南北に設けられた連合軍の野営地。

その一つである北の野営地に設けられた天幕の中では、二十人程の兵士が顔を突き合わせて遊戯を楽しんでいた。

彼等の体から発せられる汗臭い熱気が、それなりに広い筈の天幕の中に充満している。

「さぁ、来い！」

「何をのたくたしてやがる！　サッサともう一枚引いて場に出しやがれ！」

「さぁどうだ？　もう賭ける奴は居ないか？　締め切るぞ？」

彼等が行っているのは戦利品を賭けたカード博打。

遥か昔、裏大地世界より持ち込まれたとも言われる五十三枚の札を用いたトランプカードを用いた遊戯は、この大地世界でも非常に大きな人気を誇っている。

何しろ、ソリティアなどはトランプカードさえ持っていれば一人でも遊ぶ事が出来るし、ポーカーなどは、人数を集めて楽しむ事も出来る優れモノなのだ。

札の紛失にさえ注意すれば、携帯性やバリエーションの豊富さから娯楽としてほぼ完成されていると言っていいだろう。

今回は、土砂降りの雨の所為で待機となった際に、先日の略奪品を品定めしていた時に、偶々兵士の一人がカードの束を見つけた事から始まった訳だが、既に二時間が経過して大分熱くなっているらしい。

兵士達が今やっているのは、ポーカーの一種である、テキサスホールデムと呼ばれているゲーム。

プレイヤーに配られた五枚の手札と、共通の場に出された五枚の札で勝負するこのゲームは、心理戦になる事が多くヒートアップする事が多い。

また、ゲームに参加していない観客達も、プレイヤーの外馬に乗るなどして、まさに白熱した様相を呈していた。

ちなみに、彼等が賭けているのは近隣の街や村から略奪してきた宝飾品や硬貨。

つまり、他人から奪った財貨で賭けをしているので、負けても大して痛く無い上に、勝てば一攫千金といったところ。

つまり、賭け金が吊り上がる要素が満載なのだ。

実際、先ほどから一回の勝負で金貨十枚を賭けてみたり、商店で買えば金貨が十枚も二十枚も必要になりそうな大粒の紅玉が嵌め込まれたネックレスを賭けたりと、かなりの大勝負を連発している。

それはまさに狂乱の宴。

何しろ、この大地世界で人間一人が一年間暮らすのに必要な金貨が凡そ二枚から三枚程度。

多少豪遊したとしても、金貨五枚も有れば、悠々自適な生活を送れる筈だ。

それを考えると、彼等がいかに馬鹿げた賭けに興じているのか良くわかるだろう。

実際、賭けに熱中している彼等自身も自分が如何に馬鹿な事をしているのか理解している。

だが、兵士である以上、運が悪ければ死ぬのだ。

それを考えると、折角の戦利品も有って無い様な物と言えなくもない。

だから彼等は、勝利を得るか軍が撤退を決めるその日まで、少しでも今生の人生を楽しむのだろう。

実際、賭けの対象として最もふさわしいと思われる酒を賭けないあたりが、彼等の心理を如実に表している。

戦場に生きる兵士にとっては、将来の裕福な生活よりも、目先の酒の一滴の方が大事なのだ。

「よし、賭けを締め切るぞ！　手札を見せろショーダウンだ！」

ディーラー役の兵士が、賭けの続行を選んだ三人に手札の開示を促（うなが）す。

そしてその瞬間、一人の男が奇声（きせい）を上げながら札を開いた。

「うぉぉぉ！　どうだ、ストレートフラッシュだぞ！」

場に共通カードとして置（お）かれていたハートのＪ（ジャック）と数字の十と七を指し示しながら、男は声を張り上げる。

余程うれしいのだろう。

男の顔は真っ赤に染まっていた。

しかし、男が興奮すればするほど周囲の反応は冷ややかだ。

「何を馬鹿な事を言ってやがる……」

「まったくだ。どうせ見間違（みまちが）えだろう？　良く確認してみろよ」

そんな声が周囲から零れる。

だが、ディーラー役の兵士が、男の手にハートの八と九が存在している事を確認した事を宣言すると、周りを囲んでいた見物人達の口からも、どよめきが起こった。

ただ、その声は単純に役の高さに対しての驚（おどろ）きや、勝利を掴（つか）んだ男への祝福の言葉ではない。

「おいおい、本当かよ……」

「馬鹿な……そんな事あるのか？」

「ストレートフラッシュだと？　イカサマでもしたんじゃねぇのか？」

そんな声が、あちこちから聞こえる。

それは非難を通り越して、罵声に近い。

とは言え、そんな声が出るのも無理からぬ事ではあるのだ。

ポーカーの役でストレートフラッシュは上から二番目。

ジョーカーを含めたファイブカードを採用している場合は三番目の強さになるが、手役全体としての強さはまさに最強クラスの役だ。

同じ数字四枚とワイルドカードを揃えたファイブカードや、一つのスーツの十、J、Q、K、Aを揃えたロイヤルストレートフラッシュに対して、ストレートフラッシュは、同じスーツという制限はあるものの、五枚のカードが順番に並んでいれば良いという事になっている。

そういう意味からすれば、まだ現実味がある役だと言えなくもない。

ただ、テキサスホールデムというゲームの性質上、強い役が成立する確率は基本的に低くなる傾向が強いのだ。

通常のポーカーとは違い、配られた札を交換する事が無い事も理由の一つだろう。

それに加えて、最初に配られる二枚のカードをプリフロップと呼ばれるラウンドで確認した上で賭けを続行するかどうかを決め、最終的に共通カードとして出された五枚の札と、最初に配られ手持ちの二枚で勝負するというゲームの流れも大きく関係している。

実現する手役としては同じスーツで揃っているフラッシュあたりが現実的には最高というのが、実際のプレイヤー達における正直な感想だ。

ポーカーは相手の手役を想像して、賭けを続行するかどうかを決めるが、その際に相手の手札がストレートフラッシュかもしれないと仮定して判断を下すプレイヤーはまずいない。

手役はハイカードやワンペアが大半であり、運が良い時に偶々ストレートが出るかどうかと言ったくらいなものなのだから。

そんな中、ストレートフラッシュを実現したと言えば、当然周囲は驚くだろうし、イカサマを疑うのは当然だろう。

ましてや、賭け金の額が額だ。

確かに、戦場では金など使い道が無い。

酒の一滴の方がまだ価値が高いだろう。

とは言え、戦が終わればその価値は途端に逆転する。

不心得者が、イカサマをして大金をせしめたくなったとしても不思議でもないのだ。

そして問題は、周囲がその可能性を考えてしまったという点だろう。

まさに、疑わしきは有罪と言ったところか。

しかし、疑惑の目を向けられた当事者としては黙ってなどいられない。

此処でイカサマ野郎のレッテルを貼られれば、彼は仲間達からの信用を失う事になる。

そしてそれは、ポーカーで勝った負けた以上に重要な事だ。

何しろ、此処は戦場のど真ん中。

生き残る為には、戦友達と力を合わせるしかない。

だがそんな状態下で、周囲からイカサマ野郎のレッテルを貼られるとどうなるか。

少なくとも、今迄の様な助け合いの関係は望めなくなる。

自分自身が生き残るのに精いっぱいな環境下で、詐欺師だと思われる人間の為に何かをしてやろうなどと思うお人好しは極めて限られるのだから。

最悪の場合、自分に割り当てられた天幕の寝床の中で、冷たくなって朝を迎えかねないのだ。

いや、流石にそこ迄はされないだろうが、戦場に出る度に、後ろから矢が飛んでこないかビクビクしながら生きる事になるだろう。

そんな状態に陥れば、男は遠からず死体となってこのジェルムクの大地に埋められる結末が目に見えていた。

だから男は必死の形相で自らの潔白を訴える。

しかし、その必死さが逆に、周囲の人間の疑惑を掻き立てるのだ。

「ふざけるな！　何がイカサマだ！　証拠でもあるのか！」

こう言った身に覚えのない疑惑を掛けられた人間が口にする言葉は、何処の世界でも相場が決まっているのだろう。

そして、「証拠でもあるのか！」と言い放った人間に対して向けられる周囲の反応も同じらしい。

「証拠だぁ？　なんだそりゃ？　随分な言い草じゃねぇか？」

「おめぇがイカサマ野郎じゃないって証拠を見せてみろよ！」

「その場で服を脱げや。それなら一目瞭然だ！」

男の反論が気に障ったのだろう。

周囲から向けられる視線が更に厳しさを増した。

先ほどまでの熱狂とは違う、冷たく張り詰めた空気が天幕の中を支配していた。

既に単なる勘違いや、手役の無効を宣言した程度では収拾がつかない状況に差し迫っていた。

残された道は、無罪か有罪かだけ。

その空気に耐えきれなかったのだろう。

「分かった！　裸になるから服でも何でも調べろ！」

男は捨て鉢になって喚き出す。

こんな状況で裸になるのは男としても恥でしかないが、命と天秤に掛ければ、まだ恥を忍んだ方がマシだと判断したのだろう。

だが、実際革のベルトに手を掛けたところで、その動きが突然止まった。

「何だお前？　服を調べさせてくれるんじゃねぇのか？」

「やっぱりお前！」

だが、そんな罵声を口にした男達を周囲の兵士達が止める。

「おい、ちょっと待て……何か聞こえないか？」

「何を言ってるんだ？　雨の音だろうが……」

だが、耳を澄まして外の様子を探ると、確かに何か雨音とは別の音が混じっている。

やがて兵士の一人が、大地の揺れに気が付く。

そして、その震動は徐々に大きくなっていく。

「地震か?」

その声は天幕の中にやけに大きく響いた。

だが次の瞬間、その疑問は天幕の外から響き渡る鐘と奇襲を告げる歩哨の叫びによって否定される。

「敵襲! 敵襲だ!」

その瞬間、兵士達は近くに準備していた武具を手に次々と天幕を飛び出す。

しかし、それは男達の運命を死へと誘う決断。

「進め進め! 一気に駆け抜けろ!」

そんな怒号と共に、疾風の如き騎馬隊が姿を現す。

その先頭には黒いマントを翻しながら日本刀を左右に振るう覇王の姿が、雨で視界が悪い筈の兵士達の網膜にくっきりと映し出される。

「敵の将だ! 囲んで殺せ!」

そんな号令と共に、兵士達は武器を構えた。

だが次の瞬間、一陣の風となって突っ込んで来た覇王の前に、兵士達の手にしていた槍や剣が一瞬のうちに両断される。

それは本来、あり得ない光景。

彼等の持つ武具は特注品ではないにせよ、ブリタニア王国の鍛冶師が王国に収めた武具なのだ。

それがたったの一合も持たずに両断されるなど考えられる筈もない。

だが、そんな当然の疑問を彼等は抱く事が出来なかった。

彼等の体から力が抜けていく。

そして、彼等の視界は永遠の闇に閉ざされたのだった。


敵野営地の中心部にまで斬り込んだ御子柴亮真は、頬に飛び散った血を強引に拭う。

亮真の右手に握られた鬼哭はその刀身を紅に染めていた。

此処まで来る間に、一体どれだけの人間をその刀で斬り捨てたのだろう。

亮真の右手はまるで、血の池に肩までどっぷりと浸かったかの様に赤黒く濡れそぼっている。

明らかに十人や二十人ではきかない。

千には流石に届かないだろうが、二百人を超えているのは確かだろう。

戦闘を開始してからまだ十分程度しか経過していないにも拘らず、鬼哭はそれほどの人間の生気を吸い取ったのだ。

何しろ、出合い頭に亮真が腕を振るだけで兵士達の体が断ち切られていくのだ。

其処には、間合いも、呼吸も何もない。

ただただ、斬るという結果が存在するだけ。

それはまさに、人の形をした暴力の嵐（あらし）。

しかし、その刃（やいば）の輝（かがや）きには一片（いっぺん）の曇（くも）りもない。

雨粒が滴（したた）り刀身に付いた血が流れ落ちる。

その後に残るのは氷の如き冷たさと、鋭（するど）さを持った抜き身の刃。

その刃毀（はこぼ）れ一つない冷徹な刃は、亮真の手によって新たな贄（にえ）を貪（むさぼ）り食（く）らう。

そして、鬼哭が吸い取った生気は亮真の体へと流（なが）れ込み、人を超えた力を与えるのだ。

高揚する精神。

圧倒的とも言うべき全能感が亮真の体を支配していた。

誤解を恐れずに今の亮真の心境を言葉に表すと、楽しいという言葉が最もふさわしいだろう。

それは、圧倒的強者が弱者を思う存分に嬲（なぶ）る時に感じる恍惚（こうこつ）に近いのかもしれない。

（まるで血に酔いしれている様な感覚だ……）

本来、亮真はようやく眉間（みけん）にあるとされる第六のチャクラである、アージュニャー・チャクラを開けるようになった段階。

勿論それは、この西方大陸でも指折りの武人しか到達（とうたつ）出来ない境地ではある。

しかし、今の亮真は明らかにその先、天頂にあり王冠（おうかん）のチャクラとも呼ばれるサハスラーラを回し始めていた。

それは、人という枠（わく）の限界に達した【到達者】の領域に手が届き掛けているという証だ。

そして、本来一朝一夕（いっちょういっせき）で到達する事など出来ない領域に、亮真が足を踏（ふ）み入れ始めた理由は

一つしかない。

(鬼哭……これがお前の力の一端か……)

今迄も亮真は鬼哭を幾度となく抜き放ち、敵を切り伏せてきた。

しかし、それは鬼哭にとって単なるお遊びの様な物だったらしい。

恐らく、今迄の鬼哭は生気に飢えた状態だったのだろう。

(何しろ、何百年も使い手が現れなかった妖刀だからな)

そんな鬼哭が、御子柴亮真という主に巡り合い、今日まで多くの命を吸い取ってきた結果、漸くその本領を発揮し始めたのだ。

だがその一方で、亮真は不満を抱いていた。

それは鬼哭の力が自らの意思で完全に制御出来ないという点。

(鬼哭……お前は確かにすごい……俺の力を何倍にもしてくれる……だが、これは単なる暴力だ……武じゃない)

そんな亮真の想いが伝わったのか、鬼哭から流れ込んでいた力が途絶える。

それに伴い亮真の体に満ち溢れていた全能感や高揚も失われた。

普通に考えれば、折角力を与えてやった亮真を恩知らずだと鬼哭が臍を曲げたのだと判断する様な事態だろう。

何しろ此処はまだ戦の真っ最中なのだから。

だが、何となく亮真は自分の想いを知った鬼哭が喜んでいる様に感じた。

それに、部隊指揮を執るのに、あの高揚や全能感は頂けない。

(それこそ、全部俺が斬り捨てちまえばいいなんて思えてくるから……な)

そして、それがあながち不可能ではないと思えるところが、鬼哭と呼ばれる妖刀の恐ろしいところだろう。

だが、戦争という物を考えた時、亮真が敵を一人で皆殺しというのは明らかに悪手。

それが、可能か不可能かが問題なのではなく、戦術的に不要な損害を出す事が目に見えているのだ。

(流石に鬼哭と言えども、ミサイルみたいに一刀で千人を斬り殺せる訳じゃないからな)

亮真が敵を追いかけている間に、味方の兵士が一人死んでしまえば、戦力的にはプラマイゼロ。

もし亮真が一人斬り殺している間に味方が二人死んだら収支はマイナスになるのだ。

つまるところ、戦争とはいかに効率よく敵を殺せるのかという点に尽きる。

だからこそ、敵陣深くにまで斬り込み、敵軍を混乱のるつぼに陥れた今の亮真は軍の指揮を執るべきなのだろう。

亮真の脳裏に、城塞都市ジェルムクと、それを囲む敵軍の位置が浮かび上がる。

(敵はジェルムクの城門を塞ぐ様に、東西南北に陣を張っていた。そして、ここは北の陣)

そこを襲えば、敵は東と西の軍を救援に向かわせるだろう。

(それが援軍を向かわせる上で最短だからな)

だが、それこそが亮真の仕掛けた必殺の罠。

雨に紛れて北の敵軍に奇襲を仕掛け、その援軍に向かった東と西の敵軍に更なる不意打ちを食らわせる策だ。

勿論それは、一つ間違えれば自らが壊滅しかねない危険な策。

しかし、どうやら亮真の危険な賭けは目論見通り成功したらしい。

「後続部隊はどうだ⁉　動いたか？」

亮真が後ろに付き従うローラに向かって声を張り上げた。

「問題ありません。今しがた第二陣のクリス様、第三陣のレナード様が率いる歩兵部隊が、北門に向かってきた敵増援部隊に奇襲を仕掛けたとの事です！」

右耳に嵌めたウェザリアの囁きから齎された報告を叫ぶローラ。

続いて、少し先を進んでいたサーラが勢いよく駆け込んできた。

「亮真様！　ジェルムクの守備隊に動きが見えます。我が軍の奇襲を察知して呼応するようです！」

「よし、包囲網の一角は崩れた！　伊賀崎衆は直ぐにジェルムクの守備隊と連絡を取って、こちらの攻撃に合わせて守備隊側も援護に動く様に指示を伝えろ！　あと、戦況がどう転ぼうが、絶対に城門を開けて敵軍を追撃するのは禁止だ！　良いな！」

目まぐるしく変わる戦況に対応して、亮真は次々と指示を出していく。

やがて、激しかった雨音が漸く落ち着きを見せ始めた頃、戦況は御子柴大公軍へと大きく傾いていた。

レナード・オルグレンと、クリス・モーガンが率いる別動隊が、敵の増援部隊の向背を見事に抉り、そのまま突破する事に成功したのだ。

それにより、敵の指揮系統は瓦解。

その報告を受けた際に、亮真は思わず拳を握り締めて天を仰ぐ。

（これで決まりだ……）

ここからでは、どんな名将であっても戦況を覆す事など出来ないだろう。

その後、クリスとレナードの軍が合流し、御子柴大公軍は城塞都市ジェルムクへと入城した。

そしてジェルムクに入城した御子柴大公軍とブリタニアとタルージャの連合軍は互いに部隊の再編制を行いながら睨み合いを続ける。

だが数時間後、ジェルムクの南に布陣していた連合軍が、国境に向けて南進を始めた事に因り、事態は急速に決着を見る事となった。

南の国境の先に生い茂る森の中へと消えていく連合軍の姿を、ジェルムクの南門の上に設けられた見張台の上から、遠眼鏡を使って確認した御子柴亮真の口から小さな呟きが零れる。

「成程……本当に兵を退いた様だな……」

それは城塞都市ジェルムクの包囲を、敵軍の将が諦めたという事に他ならないだろう。

そして、それはまさに二ヶ月近くにも及んだ籠城戦の終わりを意味していた。

その言葉に、亮真の周囲に集まっていた兵士達の口からどよめきが起こる。

彼等の顔に浮かぶのは歓喜の色。

だが、そんなジェルムクの兵士達を尻目に、亮真は眉を顰めながら敵軍を睨み付ける。

（こっちの奇襲が成功した段階でほぼほぼ勝負はついていた筈だ。俺なら負けが見えた段階で早々に兵を退いて損害を抑える……追撃を受ける可能性が有るからな。それなのに何故、敵将は早急に兵を引かなかった？　敗残兵の回収を優先するにしても、ジェルムクから離れた場所に陣を移した方が安全の筈。それが分からない程度の相手だったと言うだけならいいが、少しばかり対応が中途半端だ……こっちの力量を推し量る為……或いは、何か罠でも仕掛けていたか？）

勿論それは、単なる亮真の憶測でしかない。

しかし、亮真の本能がその憶測が正しいと告げていた。

（まぁ良い……先ずは初戦を勝った事を喜ぶべきだな）

そして、眼下に立ち並ぶ御子柴大公軍の兵士達に見せつけるかの様に拳を天に向かって突き上げる。

それは勝利の宣言。

その瞬間、城塞都市ジェルムクの籠城戦は終わりと告げたのだ。

そして、御子柴大公軍四万の将兵達の口から放たれた勝利の咆哮は、雨雲を吹き飛ばすが如く天を震わせる。

だが彼等は皆理解していた。

今日の勝利が、新たなる戦の序曲にしか過ぎないという事を。

御子柴大公軍の奇襲を受け、ブリタニアとタルージャの連合軍が、ジェルムクの包囲を解きいてから半日が経った。

既に連合軍は国境線を越えて、ブリタニア王国領内にまで軍を撤退させている。

もっとも、それはあくまでも一時的な措置でしかない。

ジェルムクから数キロ程南にある小高い丘の麓に、連合軍は仮の陣を敷いて敗残兵の収容と部隊編制を進めているのだ。

もし彼等が敗北を意識していれば、これほど国境近くに布陣する事は考えにくい。

実際、今の野営地には、敗戦による虚脱感や悲愴感と言った空気が殆ど流れてはいなかった。

普通ならば、もっと兵士達の顔には暗い影が差しているものなのだから。

しかし、野営地で蠢く兵士達の顔には、戦に敗れたという事実に対しての精神的ショックが無い訳ではないのだが、それでも今後に関しての悲愴感や指揮官に対しての不信感は少ない。

これは、戦に負けた軍勢としてはかなり珍しい光景だと言えるだろう。

そして、そんな連合軍兵士の精神的支柱を担っている男達は今、陣の中央に設置された一際大きな天幕の中に居た。

天幕の中では、大柄な男が泥と雨に濡れた体を従者から渡された布で拭っている。

そして、自らの手でその丸太の様な太い体を丹念に拭き取ると、泥や汗が残っていない事を確認し、薄汚れた姿のまま椅子に腰かけている相方の方へと向き直った。

「ラウル……お前も拭け。折角戦も面白くなってきたところだ。此処で風邪をひいてはつまらんぞ」

そう言うと男は、従者から受け取った真新しい布を相方へと差し出す。

本来なら、将軍が自らする様な気遣いではないが、この男はそういった見せかけだけの虚礼を好まないのだろう。

男の名はブルーノ・アッカルド。

ブリタニア王国が誇る鷲獅子騎士団の団長にして、今回のミスト侵攻を指揮する手練れの将軍だ。

満面に髭を生やしているので分かりにくいが、年の頃は四十半ばといった所だろうか。

黒髪を短く刈り上げたその顔は、人というよりも、まさに獰猛な熊とでもいうべきだろう。

実際、百九十センチ近い身長に百五十キロは有ろうかという巨体だ。

伊達や酔狂で【人食い熊】などと呼ばれはしないだろう。

しかし、そんな風貌にも拘わらず、ブルーノは騎士としてだけではなく、ブリタニア王国でも屈指の戦略家としての顔を持つ万能型の将。

ブリタニア王国に仕える将軍の中でも筆頭格と言っていい。

実際、城塞都市ジェルムクを攻める事で敵軍を誘引し、野戦で決着を付けるという構想を打ち出したのもブルーノその人なのだから。

しかし、そんな名将から見ても、昼間の戦には度肝を抜かれたらしい。

そんなブルーノの言葉に、ラウルと呼ばれた男は差し出された布を受け取りながら小さく頷く。

そして、顔を丁寧に拭うと徐に口を開いた。

「それにしても、見事にしてやられましたな……あれが御子柴大公の軍ですか……成程、噂に違わぬ精強さですな。我が軍の兵士達も一人一人の実力という点では決して引けを取るつもりはありませんが、御子柴大公の軍には洗練された強さを感じさせられました……恐らく、兵士としての戦闘技術を体系的に教育しているのでしょう……実に厄介な相手です」

そう言って肩を竦めて見せた男の名はラウル・ジョルダーノ。

タルージャ王国軍を率いる将軍にして、この戦ではブルーノの補佐として副将を務める将軍の名だ。

こちらも、年の頃は四十半ばといった所だろうか。

丁寧に整えられた口髭に金髪の長い髪。

中肉中背だが、引き締まった体をしている優男だ。

相棒であるブルーノが人間離れした巨体と熊の様な容貌に対して、こちらは女性受けする様な顔立ちと容姿と言えるだろう。

実際、タルージャ王国の宮廷晩餐会に参加すれば、ラウルと踊る為に淑女達が列を成すのが何時もの光景なのだから。

しかし、そんな見た目に対してラウル・ジョルダーノという男は生粋の戦士。

それも、戦略や戦術などの指揮に長けた指揮官タイプではなく、自らが先陣を切って槍を振るうタイプの猛将だ。

その鎧の下には、数多の戦場で負った傷が縦横無尽に走っているともっぱらの噂だが、ラウルが積み上げてきた戦歴を知れば、誰もがその噂を真実だと思うだろう。

しかし、【烈火】と謳われる程激しい攻めを得意とするラウルから見ても、御子柴亮真と彼に率いられた軍勢は想定外の強さだったらしい。

その言葉には、手練れの戦士に対しての敬意が含まれている。

その言葉に、ブルーノが楽し気に頷く。

「確かに、あれは強い。あの男の噂は色々と耳にしてきたが、正直に言って眉唾物だろうと考えていた……だが、あの戦いぶりを見るに、噂の方が大分控え目に伝えられている様だな……」

そう言って楽しそうに笑うブルーノに対してラウルは苦笑いを浮かべた。

「【イラクリオンの悪魔】ですか……確かに、あれは悪魔と言っても過言ではないでしょう。何しろ、うちの大隊長クラスが一刀の下に切り捨てられたという話ですからね」

「そうだな……俺でも奴と正面切って戦いたいとは思わん……少なくとも、一騎打ちはごめん被りたいところだ。それほどの手練れが相手となると片手間では済まないだろう。それこそ、軍の指揮を忘れて一騎打ちに没頭してしまいかねない」

勿論、それはあくまでも亮真への賛辞であり冗談ではあるだろう。

ただ実際、ブルーノにはそういった悪癖があるのも事実。

手練れの戦士を見つけると、自ら愛用の戦鎚で叩き潰したくなるのだ。

ラウル自身、御子柴亮真の戦いぶりを遠目で見ただけだが、それでも戦士として何か予感めいたものを感じさせられたからだ。

それは、強者が自らに匹敵する技量を持つ好敵手と巡り合えた時に感じる本能の囁き。

実際、ラウル自身も機会があれば自分が一騎打ちを申し込みたいと思っているくらいなのだから。

とは言え、それが難しい事はラウルもブルーノも理解している。

何しろ、亮真の周りにはサーラ・マルフィストとローラ・マルフィストが影の様に付き従っているのだ。

乱戦の最中に彼女達の護衛を突破して、強制的に御子柴亮真を一騎打ちに持ち込むのはまず不可能と言っていいだろう。

もし可能性が有るとすれば、御子柴亮真自身が一騎打ちを受けたときくらいだろうが、それもラウルが見たところかなり期待薄だ。

確かに御子柴亮真という男は手練れの戦士であり強者だが、その本質は決してラウルやブルーノの様に、武を貴ぶような人種ではないと感じ取っているからだろう。

必要があれば一騎打ちを受けるだろうが、不利だと判断したり、受ける価値が無いと判断すればあっさり断ってくるのは目に見えている。

「まぁ、あの男が誘いに乗るのかも分かりませんし……彼の周りには手練れが多い。あの男に影の様に付き従っていた金髪と銀髪の娘など、相当にやるという話ですしね。それに、あの男は戦士としても並外れているようですが、将としても恐ろしい相手です」

その言葉にブルーノが深く頷いた。

「あぁ、戦術眼の方も実に大したものだ……あの男がエンデシアに着いたのが二日前との報告だったので、どれ程早くとも到着は四日後と見込んでいたが、見事に裏をかかれたからな……こちらがそう計算すると読んだのだろう。僅かな勝機を見逃さなかった訳だ。流石に一介の傭兵から大公位にまで上り詰めた男だけの事はある……しかしどういう手妻で、エンデシアから僅か二日でジェルムク迄やって来る事を可能にしたのか……」

「ええ、日程を逆算すると、どうやら国王との謁見を省いたようです……或いは事前に打合せをしていたのかもしれませんが、どちらにせよ、随分と思い切った真似をする……如何に友好国とは言え、国王との謁見をしないで戦場に出るなど、ミストの貴族達が騒ぐ事は目に見えていますからね」

簡単に言えば外交的欠礼という奴だろうか。

ブルーノ自身はくだらないと内心思ってはいるが、国家の体面という物が無視できない事も十二分に分かっている。

何しろ、時と場合によっては戦争の引き金にすらなりかねないのだから。

少なくとも、ブルーノには効果的である事を考慮しても、こんな策を取る勇気はない。

また、だからこそ御子柴亮真がこれほど早く進軍してくるのを予想出来なかった訳でもある。

「あぁ、だが同時に非常に効果的でもある。おかげで、こっちの遠征軍はかなりの損害を出してしまった……北に布陣していた俺の軍は壊滅状態……だがまぁ、他の三軍の被害が比較的軽微なのを幸いと思うべきか……」

そう言うと、ブルーノは静かに天を見上げため息をついた。

そこに含まれるのは後悔と怒り。

何しろ、自らが指揮する連合軍を、ほぼ一方的に打ち破られたのだ。

如何に平静を保とうとも、それはあくまでも理性であふれ出る激情を抑えているが故の事に過ぎない。

部下や兵士を戦で喪って何も感じない将などいる筈もないのだ。

ましてや、それは自らの油断や誤算によって生じた犠牲ともなれば、その苦悩は計り知れないだろう。

だが、そんな苦悩する姿を兵達に見せる事は出来ないのだ。

それを見せれば、兵達はブルーノ・アッカルドという男の指揮に疑いを抱くようになる。

そして疑惑はやがて怒りや失望へと代わり、軍が崩壊するのだ。

それを理解しているからこそ、ブルーノは自らの心を覆い隠す仮面を被る。

「向こうが深追いしてくれれば、こちらも手の打ちようがあったんだが……やはりジェルムクの救援を優先して入城する事を選んだらしいな」

それは別に負け惜しみではなかった。

御子柴大公軍が追撃をしてくれれば、ブルーノにはそれを迎え撃つだけの奥の手があったのだ。

それも、上手くすれば御子柴亮真を討ち取れる可能性を秘めた策。

いや、流石に其処までうまく事が運ばなかったとしても、劣勢に陥った戦況を再びひっくり返す事は可能なだけの力を秘めているのだ。

ブルーノとしては、勝機を逃した様な気分なのだろう。

しかし、その奥の手も御子柴亮真が深追いしてくれなければ眠らせておくより他に手が無い。

とは言え、ブルーノの言葉は、あまりにも戦術の定石を無視している願望。

戦術的に考えれば、御子柴大公軍の目的はあくまで城塞都市ジェルムクの救援。

亮真が追撃を打ち切った判断は正しいのだ。

「まぁ、ジェルムクを囲んで二ヶ月程ですからね。食料はそろそろ限界だった筈ですからね……向こうもそれを見越して動いたのでしょう。それに、もし連中を御子柴大公軍にぶつけていれば、それはそれで面倒な事になった可能性もありますし」

ラウルの語った可能性は十分に考えられる展開だ。

そして、ブルーノは自らの浅慮を恥じる。

戦に勝つ事が勿論重要だが、最も大切なのは、勝ちを確定出来るかどうかに尽きる事を改めて思い出したのだろう。

「確かにその通りだ……詰まらない事を言ってしまった……御子柴大公軍を打ち破れなかったのは残念だが、こちらの作戦は滞りなく進んでいるからな……雪辱の機会は直ぐに来る」

「全てはミスト王国の軍勢が本格的に動いた後……ですね」

その言葉にブルーノは深く頷いた。

「あぁ、その時は後方で待機しているあの連中にも本格的に働いて貰おう。それまでは敵に勝利の美酒を味わわせてやる事としよう」

そう言うと、ブルーノは用意されていた酒瓶を勢いよく呷る。

それは、来るべき決戦に向けた報復の誓い。

そして、この戦で散った兵士達への手向けだった。

エピローグ

その日、ミスト王国の首都エンデシアは歓声に包まれていた。

つい数時間前に王宮から交付された情報の所為だ。

人々は通りに飛び出すと、口々に歓声を上げる。

女達は、祭りの際に使おうと準備していた紙吹雪を、住宅の二階の窓から通りに撒いた。

それはまるで、粉雪が舞うかの様な幻想的な光景。

まだ昼を少し過ぎた頃だというのに、酒場では盛んに祝杯を挙げる声が響く。

また、そんな客達の反応を見越して酒の値段を割り引くあたりが、酒場の主の商才を表している。

彼等にしてみればまさに、久々に訪れた書き入れ時なのだから。

とは言え、王都に暮らす住民達が浮かれるのも当然と言えるだろう。

何しろ、城塞都市ジェルムクを包囲していたブリタニアとタルージャの連合軍を、御子柴大公軍が打ち破ったのだ。

勿論、未だに勝利を掴んだ訳ではない。

あくまでも、城塞都市ジェルムクの包囲網を御子柴大公軍が突破し、城内に入城したというだけの話だ。

しかし、連合軍の奇襲によって始まった今回の戦も、既に数ヶ月が過ぎようとしている。

その間、ミスト王国は劣勢を強いられてきた。

勿論、そうなった理由は様々だし、そういった諸々の事情を正確に理解している民は少ないだろう。

ミスト王国側も、自らの恥となる様な情報を自国民に対して、率先して流すような真似はしないのだから。

だが、論理的には理解していなくとも、彼等は決して愚かではない。

情報を公開はしなくても、人伝に噂は広がるのだ。

そんな中で降って湧いた勝利の報告。

浮かれ騒ぐなという方が無理だろう。

ただ、それはあくまでも何の責任も担っていない人間に限定される。

それが許されるからこそ、平民なのだから。

そして、その責任から逃れられない不幸な人間もいる。

そしてその代表者は、この王都エンデシアの王宮奥深くに鎮座する執務室の椅子に腰掛けていた。

ミスト王国国王フィリップの口から、深いため息が零れる。

その顔に浮かぶのは戸惑い。

それは、在位数十年もの間、この東部三ヶ国の中でも突出した国力を誇るミスト王国の舵取りを担ってきたフィリップにしては珍しい反応だと言える。

とは言え、それも無理からぬ事だろう。

「さてさて……どうしたものか……御子柴大公……確かに知略縦横な戦略家と聞いてはいたが、まさかこのような手段を用いるとは……」

勿論、姪であるエクレシアから事前に噂は聞いていた。

また、隣国ローゼリア王国での政争の結末を見れば、御子柴亮真という男が一筋縄ではいかない人物である事は十分に分かっていたのだ。

(何しろ、主君であるルピス・ローゼリアヌスを追い落とした程の男だ……そんな男が外交儀礼に固執する筈もないか)

【イラクリオンの悪魔】という悪名は、御子柴亮真の代名詞として広く知られている。

また、救国の英雄と目されている一方で、ローゼリア王国の国王であったルピス・ローゼリアヌスを放逐し、新たな傀儡の国王を擁立したと見る意見も無い訳ではないのだ。

そしてそういった悪評は、御子柴亮真という男の信用を少なからず傷付けているのは否めないだろう。

その信用の低下が、今回の外交的欠礼の際に、御子柴亮真の選択がミスト国王に対する悪意のある行為として判断されてしまうという話。

勿論、必要があれば御子柴亮真は喜んでフィリップとの謁見に臨んだ事だろう。

或いは、仮に本人が必要だと感じていないとしても、ジェルムク救援という緊急事態でなければ、慣例に従ったに違いない。

しかし、戦時という緊急時の対応として、勝機が今しかないと判断したとすれば、やはり礼儀など無視して勝利を掴もうとするだろう。

それはそれで正しく、軍を指揮する将として当然の判断なのだが、その正しさを理解出来る人間は限られている。

そして、そんな周囲の反応を考えただけで、フィリップの胃はキリキリと痛むのだ。

とは言え、今回の一件で当事者の一人であるフィリップとしては、亮真に対して何も含むところなどない。

実際、御子柴亮真の判断が正しかったとは思っているし、そうなった原因がミスト王国側にある事をきちんと理解しているからだろう。

(何しろ、我が国の軍は編制すら完了していなかったからな。そうなると敵軍六万に対して御子柴大公軍は四万……あの男の事だ。それでも勝てなかったとは言わないが、戦が長引いたのは間違いないだろう……)

当事国の内部的な問題で、援軍に来てくれた他国の軍の足を引っ張ったのだ。

それにも拘わらず、御子柴大公軍はブリタニアとタルージャの連合軍を破り、城塞都市ジェルムクを解放して見せた。

結果を見ても、それに至った経緯を考えても、公平な目で状況判断を行った場合、御子柴亮真の選択は正しかったという結論しか出てこない。

またそれを理解しているフィリップとしては、亮真に対して特段の咎め立てをするつもりもないのだ。

他に選択肢があったとは思えないのだから。

(少なくとも私には思いつかない……な)

勿論、世の中には天才的な頭脳を持った人間が居る。

そう言った人間であれば、代替え案を提示し御子柴亮真の選択を非難する事は出来るだろう。

だが、提示出来ないのに相手を責め立てるというのは、道義に悖る行為だとフィリップは感じてしまう。

そして幸いな事に、フィリップという男は自らが出来ない事を他人に求める程恥知らずではないらしい。

だから、フィリップ個人はそれで話は終わりだ。

ただ、やはり問題となるのは、対外的な対処。

これをどのような形で収めるのかという点に尽きる。

(やはり、貴族達の反応が問題となるだろう……)

ミスト王国の貴族達はローゼリア王国の貴族と比べて、かなりマシな部類の人間が揃っている。

それは国王であるフィリップが王権を確固たるものとして保持しており、きちんと貴族達に対して支配力を発揮出来ているが故の事だ。

極端な話、ミスト王国でロマーヌ子爵家の様な領地経営は絶対に認められない。

もし仮に、ロマーヌ子爵家の様な苛政をした挙句、それらの行為が表ざたになったとしたら、すぐさま爵位を召し上げられた上で、子爵自身は死罪となるのが目に見えている。

貴族社会も、「位高ければ徳高きを要す」を弁えている人間が多く、ロマーヌ子爵の様な人間は家督を継ぐ事は疎か、一族からも徹底的に排除される傾向にあるのだ。

実際、フィリップが玉座に座っている数十年の間、ミスト王国の貴族がそう言った罪状で処罰された事例はないところから見ても、上手く自浄作用が働いていると言っていい。

そう言う意味からすると、ミスト王国の貴族達は、西方大陸全体から見ても、かなり優秀な部類に入ると言っていいだろう。

ただ、優秀だからと言って、今回の様な事態に対して不満を持たないかと言われればそんな事はない。

いや、優秀であるが故に、貴族という地位を誇りにしているし、国王であるフィリップに対して深い忠誠を向けているのだ。

また、彼等は伝統を重んじ、礼節を貴ぶ。

そんな彼等から見て、御子柴亮真の行動がどう映るか。

(好ましくは思わんだろう……な)

ただそれは、貴族という存在にとって極めて当たり前の反応。

それを無理に受け入れさせるというのも中々に難しいものがある。

そう考えた時、フィリップには事態終息の為の落としどころが見えないのだ。

（それに、ジェルムクが解放されたとはいえ、ブリタニアとタルージャの連合軍は未だに国境付近に留まっている。まだまだ御子柴殿には助力を頼むしかない状況である事に変わりはないが……はてさて……）

如何に名君と謳われるフィリップと言えど、今回の様な事態の対処は中々に難しいらしい。

だが、救いの神は思わぬところから現れるものらしい。

「陛下……シュピーゲル宰相閣下が面会を求めておられますが、いかがされますか？」

執務室の前に立っていた近衛兵の一人が、宰相の来訪を告げた。

「オーウェンが？　構わんぞ。通してくれ」

その言葉の直ぐ後、執務室の扉が開かれ、ミスト王国宰相、オーウェン・シュピーゲルが部屋に入って来た。

「失礼いたします陛下」

そう言って跪こうとするオーウェンをフリップは手を振って止める。

そして、満面の笑みを浮かべてオーウェンに話しかけた。

「いらんいらん、そんな堅苦しい挨拶などする必要はないぞ。俺とお前の仲ではないか。貴族達が見ている公式の場ならともかく、此処には人目もない。もっと気軽に接してくれて構わんのだぞ。我が親愛なる弟よ」

それは実に親愛に満ちた言葉だ。

しかし、そんな温かい言葉を向けられた当人は首を横に振った。

「そう言う訳にはいきませんよ陛下。貴方はミスト王国の国王であり、私はその臣下。確かに同じ父親を持った兄弟ではありますが、君臣のケジメはつけませんと」

その言葉に、フィリップの顔が一瞬曇った。

「君臣のケジメか……確かにそれも必要だが……」

その言葉に含まれているのは若干の不満。

シュピーゲル宰相の言葉を正しいと理解していても、肉親の情愛から受け入れられないのだろう。

そんなフィリップに対して、シュピーゲル宰相は苦笑いを浮かべる。

何時もの事とはいえ、シュピーゲル宰相としても簡単には受け入れられないのだ。

まさに一国の政治を司る宰相に相応しい厳しさと言えるだろう。

そんな腹違いの弟の頑なな態度に、フィリップは肩を竦めた。

こちらも何時もの事なのだ。

今更、自分の親愛を無駄にしたと腹を立てる程、フィリップも幼くはない。

そして、シュピーゲル宰相に来訪の目的を尋ねた。

「それで、用件は何かな？　勿論、単に顔を見せに来たというのでも構わんぞ。その場合は庭で優雅な午餐でも楽しむ事としよう」

だが、そんなフィリップの提案に対して、シュピーゲル宰相は首を横に振る。

そして、徐に来訪の目的を告げた。

「陛下の御邪魔をした理由は一つ。この書状をお届けに参った次第です」

そう言うとシュピーゲル宰相は懐から厳重に封印が施された一通の手紙を取り出して、フィリップの前に置いた。

「手紙？　態々宰相であるお前が届けに来たのか？」

訝し気な表情を浮かべるフィリップ。

だが、それも当然だろう。

オーウェン・シュピーゲルはフィリップにとって腹違いの母親から生まれた弟であるが、同時にミスト王国の宰相なのだ。

そんな人間が手紙の配達に訪れるなど、尋常とは言えない。

だが、そんなフィリップの疑問は、手にした手紙を裏返し、差出人の名を目にした瞬間、跡形もなく消えてしまう。

「これは……成程な……確かに、お前が直接持ってくるだけの意味がある……」

その言葉に、シュピーゲル宰相はゆっくりと頷いて見せる。

「だが何故だ？　何故このタイミングで手紙を送ってきたのだ？　何年もの間、病気療養を理由に屋敷に籠っていた男が何故？」

そして、フィリップは机の引き出しから封印解除の術式を施したナイフを取り出すと、手紙を開いて便箋を取り出す。

そして、フィリップは書かれた手紙に素早く目を通し内容を把握すると、今度はじっくりと確かめる様に手紙を読み直し始めた。

余程書かれていた内容が衝撃的だったのだろう。

やがて、フィリップは手紙から視線を上げた。

どれほど時間が経った事だろうか。

少なくとも普通に手紙の一通を読む程度では到底収まらない程の時間が流れている。

だがそんな些末な事は今のフィリップにとって何の価値もなかった。

そして、フィリップは大きなため息をつくと、先ほどまでとは打って変わった鋭い視線をシュピーゲル宰相へと向ける。

「お前はこの手紙の内容を知っているのか？」

それは、偽りを許さないという決意の籠った言葉。

実際、この手紙に書かれている内容が事実ならば、ミスト王国が直面している多くの危機が解決に向かうのは間違いないのだ。

それが分かっているだけに、フィリップの口調も強いものになる。

だが、そんなフィリップに対して、シュピーゲル宰相はゆっくりと頷いて見せた。

「はい……その手紙は私があの方に依頼して書いていただいた物です……」

その答えに、フィリップの口から深いため息が零れる。

「そうか……では、本当なのだな？　本当にあの男が……アレクシス・デュランが軍務に復帰するというのだな？」

それはまさに青天の霹靂とも言うべき事態だろう。

ミスト王国に於いて未だ最高にして最強の武将と目される男の復帰に、フィリップの思考は停止していた。

実際、今のフィリップにとってデュランの復帰は城塞都市ジェルムクの解放を超える吉報だったのだから。

だが、だからこそフィリップは気が付く事が出来なかったのだ。

この手紙の奥底に秘められた悪意の存在に。

そしてその悪意が、このミスト王国という国を更なる苦境へと誘うという事を。

あとがき

殆どいないとは思いますが、今回初めてウォルテニア戦記を手に取ってくださった皆様はじめまして。

一巻目からご購入いただいている読者の方々、四ヶ月ぶりです。

作者の保利亮太と申します。

無事に二十五巻目をお届けする事が出来ました。


四ヶ月間隔で年三冊のペースを維持して出してきましたので、ＨＪノベルスからウォルテニア戦記を出しで八年以上が経過した事になります。

まぁ、作家歴で数えるとＨＪノベルスに移籍する前に、某出版社から文庫として三冊ほど出していますので、そこから数えると十年になる訳ですが……。

そこも含めると合計二十八冊になります。

十年一昔と言いますが、それなりに長い年月であった筈なのに、あっという間に時間が過ぎ去ってしまった様に感じられてなりません。

本業を別に持っている兼業作家であるというのも関係があるかもしれませんが、日々が飛ぶように過ぎていく気がします。

正直、もっと時間が欲しいです。

出来れば、一日が四十八時間くらいになりませんかねぇ？

そうすれば、構想中の新作にも手が出せるんですが、今はまだウォルテニア戦記を定期的に出す事だけで精いっぱいな感じです。

本気で神様にお願いしたいと思う今日この頃です。

とまぁ、そんな愚にもつかない事を考えるくらいには忙しく、あっという間に経過した十年なのですが、作家生活を十年続けられる方って意外と少ないみたいなんですよねぇ。

先日、コロナ禍が収まって来た事もあって数年ぶりの懇親会に参加したのですが、そんな話題が若手の方から出て少し驚きました。

確かに、書籍化も大変ですが、それを出し続けるというのも難しいですよね。

まぁ、知り合いの作家仲間には、自分と同じ十年選手がゴロゴロしているので、今回そんな話題が出るまで、個人的にはあんまり年数を意識した事が無かったのですが……。

でも、本が売れなくなったと言われる時代でこうして作家業を続けられるのは、実に幸運なんだとひしひしと感じさせられました。

とは言え、二十五巻に達したにもかかわらず、未だシリーズとしては道半ばなんですよね。

正直、作者の構想の半分も来ていないという状況です。完結まであと何年かかる事やら。

作者も既に四十を超え、完結まで生きていられるか些か不安を感じなくもない今日この頃ですが、読者の皆さんには今後とも末永くお付き合いいただければ幸いです。

とまぁ、そんな作者の健康状態に関しての不安はさておき、恒例の見どころ説明を。


この巻では、今迄ちょい役だったミスト王国が本格的に主戦場となってきます。

お金持ちで、軍事力もあり、人材に恵まれてもいる強国ですが、やっぱりこのミスト王国もローゼリア王国とは違った形でごたごたが絶えない感じです。

まぁ、ごたごたしてくれないと、作者的には話の展開が困まってしまうので、当然と言えば当然です。人間は三人集まれば派閥ができると言いますしね。

そういった、人間の根本的な部分を今後も物語を通して描いていければと思います。

また、南部諸王国の国々も続々と登場してくる予定です。

今のところ名前が出てきているのは、タルージャ王国にブリタニア王国、それとベルゼビア王国くらいでしょうか。

構想では南部諸王国は十以上の国々の集合体なので、まだ四分の一位しか出ていませんね。

これも、今後増えていきますので、楽しみにしていてください。

それに加えて、化外の民という存在にも注目です。

あとは亜人側でも動きですが、今までの巻でも軽く触れていましたが、海に生きる亜人が本格的に出ます。

亮真の本拠地であるウォルテニア半島という土地を考えると、海はどうしても外せないキーワードになりますし、ウォルテニア戦記は異文化との交流なども、作品を構成する上で重要な柱となっていますからね。

その辺は今後、ネルシオスを軸にして掘り下げていく予定です。

そんな、新要素が追加され始めた二十五巻となっておりますので、お楽しみ頂ければ幸いです。

最後に本作品を出版するに際してご助力いただいた関係各位、そしてこの本を手に取ってくださった読者の皆様へ最大限の感謝を。

予定通りなら今年の十一月には二十六巻が出ますので、そちらで皆様と再会出来ればと思っております。

引き続き頑張りますので、今後もウォルテニア戦記をよろしくお願いいたします。

著／保利亮太
イラスト／bob
ローゼリア王国を
手に入れた
御子柴亮真の
躍進は続く――。
2023年秋発売予定！

コミック版も好評連載中！
漫画：八木ゆかり
原作：保利亮太
キャラクター原案：bob
コミックス
①～⑨巻発売中!!
ファイアクロス公式サイト
firecross.jp
ウォルテニア戦記XXV

コミカライズも連載中の
スナイパー英雄譚！
著／かたなかじ
イラスト／赤井てら
漫画：瀬菜モナコ
原作：かたなかじ　キャラクター原案：赤井てら
発売予定!!

魔眼と弾丸を使って
異世界をぶち抜く!
第18巻 2023年秋

HJ NOVELS
HJN09-25

ウォルテニア戦記XXV

2023年7月19日　初版発行

著者――保利亮太

発行者―松下大介
発行所―株式会社ホビージャパン
〒151-0053
東京都渋谷区代々木2-15-8
電話　03(5304)7604（編集）
　　　03(5304)9112（営業）

印刷所――大日本印刷株式会社

装丁――coil／株式会社エストール

ISBN978-4-7986-3234-6　C0076

ファンレター、作品のご感想お待ちしております
〒151－0053　東京都渋谷区代々木2－15－8
(株)ホビージャパン HJノベルス編集部 気付
保利亮太 先生／bob 先生